D+

dear+ novel

koija nainara ai kamone ・・・・・・・・・・・・・・・・・・・

恋じゃないなら愛かもね

海野　幸

新書館ディアプラス文庫

恋じゃないなら愛かもね

contents

恋じゃないなら愛かもね …………………… 005

一生もののお約束 ……………………………… 153

あとがき ………………………………………… 254

illustration : たつもとみお

恋じゃないなら愛かもね

koi ja
nainara
ai
kamone

都内にある、田端《たばた》結婚相談所。その利用者と担当アドバイザーが面談を行う面談室は、広い室内をパーテーションで仕切っていくつかのブースに分けている。

ブースのひとつ、小さなテーブルを挟んで向かいに座る四十代後半の男は枝元《えだもと》という。枝元はくたびれた顔で手元の資料を眺め、向かいに座る信彦《のぶひこ》を見て溜息をついた。

「どうして桜庭《さくらば》さんみたいな人が結婚できないんですかね。背も高いし仕事もしっかりしてるし、年も若い。二十八歳でしたっけ？　こんな美丈夫を放っておくなんて不思議です」

「美丈夫だなんて……」

「いやいや、だって桜庭さん、紅茶の国の王子様みたいじゃないですか」

それは誉め言葉だろうか、と信彦は首を傾《かし》げる。信彦は生粋《きっすい》の日本人だが、はっきりした目鼻立ちと百七十後半の長身のせいで、少し日本人離れした雰囲気はあるだろうか。王子云々《うんぬん》は、長い睫毛《まつげ》に縁《ふち》どられた信彦の優しい目元や、笑みを含んだ唇がどことなくノーブルに見えるからかもしれない。

「桜庭さんならすぐにでも結婚できますよ。このスペックなんだもの。むしろまだ結婚してないのが不思議なくらいで……」

信彦は微苦笑を浮かべ、好き勝手喋《しゃべ》っていた枝元にストップをかけた。

「私の話より、今は枝元さんのマッチング相手についてご相談しましょうか」

枝元に資料を差し出す信彦の胸元には、この相談所のスタッフがつける金色の名札が輝いている。

枝元は信彦の顔を見て、だって、と子供のように口を尖《とが》らせた。

「桜庭さんみたいな人すら結婚してないんじゃ、僕に結婚なんて無理ですよ！」

枝元がこの相談所に入会してから、早一年。

度《たび》重なるマッチングの失敗ですっかり自信をなくしている利用者に対し、誠心誠意アドバイスをする。それがこの相談所のアドバイザーである信彦の仕事だった。


枝元との面談を終え事務所に戻ると、デスクにいた同僚に「お疲れ」と声をかけられた。

「随分長かったけどまた枝元さん？　あの人いつも面談時間平気で超過するよな」

「仕方ないよ。空振《からぶ》りが続いていろいろ迷いが出てくる頃だろうし」

「そんな優しいことばっかり言ってると、また利用者さんがストーカー化しちゃうぞ」

まさかと信彦は笑い飛ばしたが、別の同僚も「笑い事じゃないよ」と口を挟んできた。

「桜庭君、実際ストーカーまがいの利用者さんにつきまとわれてたじゃない」

「あのときは女性の利用者さんでしたから」

基本的に担当者と利用者は同性になるよう手配するが、利用者側から指定があればその限りでない。信彦も一度先方の指名で女性を担当したことがあるが、そのときは相手が婚活なんてそっちのけで信彦に夢中になって、最後はストーカーと化してしまった。以来、信彦は一切《いっさい》異性の利用者を担当していない。

その点、枝元は同性だ。多少話が長く、卑屈《ひくつ》気味で、女性に対して上から目線になりがちでなかなか成婚《せいこん》に至れないことを除けば、そう難しい相手でもない。

同僚と他愛《たわい》のない話をしながら事務処理をしていると、事務所に所長の田端がやってきた。信彦を見て「ちょっと」と手招きをする。

田端に連れられて来たのは、事務所の隣の所長室だ。立派な名前に反して狭く、窓を背にして置かれた机と、壁の両脇に置かれたキャビネットくらいしか物がない。

田端は今年還暦《かんれき》を迎えたが、現役アドバイザーということもあり実年齢より若々しい。椅子に座るとき「どっこいしょ」などと口走らなければ、もっと若く見えるだろう。

「どうよ、桜庭君。担当してる利用者さんたちは。みんなつつがなく婚活は進んでる?」

田端に呼び出された理由がよくわからないまま、信彦は机の前に立ち後ろ手を組んだ。

「皆さん積極的です。ただ、枝元さんがちょっと難航《なんこう》してます。メールで頻繁《ひんぱん》に相談してくれるので、停滞することはなさそうですが」

「そっかそっか。相変わらずマメに利用者さんとやり取りしてくれてるね。さすが桜庭君、我が所の成婚率ナンバーワンなだけある」

「え、初耳ですけど……」

「うちはわざわざ成績いい人の表彰とかしないからね。桜庭君は成婚率がいいだけじゃなく、利用者さんに親身になってくれるからさらに偉い！」

田端は好々爺《こうこうや》のように歯を見せて笑うが、この笑顔が曲者《くせもの》だ。こういうときは、大概《たいがい》とんでもなく面倒な仕事を押しつけられる。

俄《にわ》かに警戒した顔になった信彦を見て、田端は笑みを深くした。

「ということで、桜庭君には新たな利用者さんを担当してもらいます」

何が「ということで」なのか全くわからない。無言で首を横に振ってみたが甲斐《かい》なく、田端ははつらつとした声で言った。

「今回担当してもらうのは、『どう足掻《あが》いても二回目のデートに進めない男』です！」

宣言されればもう断れない。

それは一体どんな男だと尋ねることも虚《むな》しく、信彦は静かに肩を落としたのだった。


最寄り駅から歩いて十分。大通りに面した六階建てビルの一階と二階が田端結婚相談所だ。会員数百名程度の小さな相談所だが、日本最大の結婚相談所連盟に加入しているため、実際に利用者に紹介できる人数はさらに多い。

一階には広々とした受付と事務所がある。二階には利用者とアドバイザーが打ち合わせをする面談室と、利用者同士がお見合いをする個室が数室あった。

日曜の昼下がり、二階の面談室からは通りを歩く人の姿がよく見える。十一月に入ってぐっと気温が下がり、道行く人は軒並《のきな》み厚手の上着を着ていた。

パーテーションで仕切られたブースの中、信彦は硬い表情で何度も深呼吸を繰り返す。もうすぐ利用者との初顔合わせだが、まるで新人のように緊張しているのには訳があった。相手は噂の『どう足掻いても二回目のデートに進めない男』なのだ。

信彦の勤める結婚相談所では、まずアドバイザーと利用者が面談を行い、アドバイザーの見立てで利用者同士のお見合いを行う。そこからさらに一回目のデートに進み、二回目のデートが成立することで仮交際に進展、さらに本交際、成婚と進み退所に至る。

問題の男は、本交際どころかまだ二回目のデートまで漕《こ》ぎつけたことがないらしい。

改めて、田端から渡された資料に目を通す。利用者の名前は黒川正人《くろかわまさと》、三十三歳。建築会社に勤め、現場監督をしているそうだ。結婚歴、離婚歴ともになし。年収も、この年代の男性にしてはかなりいい。

注目すべきは勤務先の『黒川建築』だ。田端によると、黒川の父親は黒川建築の代表取締役で、祖父は会長だそうだ。女性利用者が放っておかないスペックである。

だが、残念ながら添付された本人写真の画質が粗《あら》い。集合写真を引き伸ばしでもしたのか、ほとんど目鼻立ちがわからないのだ。写真なんてプロフィールの目玉のようなもので、わざわざプロのカメラマンに撮ってもらう利用者だっているというのに。

（よほど外見に自信がないのか……？）

これほどのプロフィールを持ちながら二回目のデートに進めないなんて、何かとんでもない欠点があるとしか思えない。今のところその理由の最有力候補は顔である。

黒川は半年前にこの結婚相談所に入会したそうだが、すでに三人も担当者が替わっている。前任者に黒川がどんな外見か尋ねたが「顔立ち以前の問題で心が折れそうになる」と要領を得ないことを言われた。

心が折れそうになる外見とはいかなるものか、と首を傾げていたら、面談室に誰かが入ってきた。いよいよお出ましらしい。信彦が椅子から立つと同時に、パーテーションの向こうから黒川の元担当者が顔を出した。

信彦は、唇を綺麗な弓なりにして黒川を待つ。たとえ黒川が信彦の想像も及ばないような特殊な外見をしていたとしても決して動揺すまい。そう自分に言い聞かせて。

にもかかわらず、元担当者に続いて部屋に入ってきた黒川を見て、信彦はごまかしようもなく目を泳がせてしまった。

軽く身を屈《かが》めるようにしてドアをくぐった黒川を見た瞬間、信彦の頭に浮かんだ単語は二つ。「デカい」と「黒い」である。

信彦自身、長身の部類に入ると自負していたが、黒川は信彦より頭一つ背が高かった。百八十はあるだろうか。肩幅も広く、目の前に立たれると大きな壁が迫ってくるようだ。

そして全身黒い。いくら名前に黒の字を冠《かん》しているからといってやりすぎでは、とうろたえるほどに。腕にかけているコートはもちろん、スーツも、靴も、カバンも黒。唯一ワイシャツだけが白いが、ネクタイは黒と見紛《みまご》う暗い紺《こん》で、葬式帰りかと疑った。

体格のよさで相手を圧倒する男が、威圧的な黒で全身を固めている。物々しい雰囲気に呑まれながらも、やっとのことで黒川の顔を見上げた信彦の頭に新たなワードが瞬《またた》いた。

(――……怖い)

信彦の目線より高い所からこちらを見下ろしてくる男の顔は、掛け値なしに怖かった。心が折れるとはこういう意味か。怯《ひる》んで後ずさりしてしまいそうだ。

黒川の顔立ち自体は悪くない。むしろ整っている方だ。がっしりした顎《あご》と、顔の中心をまっすぐ貫《つらぬ》く高い鼻。薄い唇は真一文字に結ばれ、全体のバランスもいい。

しかし問題は目だ。少し伸びた前髪の下からこちらを見下ろす双眸《そうぼう》は、温かな血の通《かよ》った肉体の一部とは思えないくらい冷え冷えとして、およそ感情というものを窺わせない。

辛うじて瞬《まばた》きはしているが、他の顔面の筋肉は石膏《せっこう》で固めたように動かない。後ずさりしかけたところで、黒川が軽い会釈《えしゃく》をした。

その所作《しょさ》が、思いがけず美しくて目を瞠《みは》った。大きな体に見合ったゆっくりとした動きには、どこか品すら感じる。

うっかり黒川の所作に見惚《みと》れていたら、前任者が「よろしく」と唇の動きだけで囁いて部屋を出て行った。我に返り、信彦は慌てて黒川に席を勧める。

「ほ、本日より黒川様の担当を務めさせていただきます、桜庭信彦と申します」

顔を上げた黒川は、椅子の背に無造作にコートをかけると、どかりと椅子に腰かけた。

「よろしく頼む」

長い脚を持て余し気味に組んで背凭《せもた》れに寄り掛かるその姿を見て、あれ、と思った。先ほどの一礼は大変美しかったのに、椅子に座る動作は随分と乱暴だし、口調も横柄《おうへい》だ。

黒川は無表情のまま、黙って信彦の言葉を待っている。

(これは……怖い)

相手の視線から逃げるように、用意しておいた黒川のプロフィールに目を落とした。事前に調べているので黒川の勤め先がまっとうな会社なのは間違いないが、そうとわかっていても疑いたくなった。本当に目の前の男はその筋の人間ではないのか、と。

(だってどう見ても堅気《かたぎ》に見えないだろ!)

眼光鋭くこちらを見据えてくる威圧感たるや、どこぞの組の若頭《わかがしら》、などと紹介されたら素直に信じるレベルである。

額《ひたい》に冷や汗が浮く。本人に説明を求めずとも、黒川が二回目のデートに進めない理由がわかった。全身にまとう雰囲気が不穏すぎるのだ。

顔立ち自体は整っているし、ほんの少し笑顔でも見せてくれたら万事《ばんじ》解決だと思うのだが、見たところ黒川は無駄に表情筋を動かすことを厭《いと》っているようだ。余計な会話もせず、無言で座り続けている。

これは女性でなくとも怖いはずだ。少しでも黒川の気に障《さわ》ることを言ったら、問答無用で殴りかかられそうな気がする。

（いや、見た目で偏見は持つまい。祖母《ばあ》ちゃんだって『人は見かけによらない』って言ってたし）

祖母の言葉を反芻《はんすう》し、信彦は気を取り直して黒川との面談をスタートした。

「黒川さんはこちらに入会されて半年ですが、これまで会った利用者さんの中で、この方はいいな、と思う方はいらっしゃいましたか？」

まずは黒川の好みを探ろうと無難な質問をしてみたのだが、返ってきたのは「さあ」という気のない返事だ。それればかりか「断られた相手のことなんて覚えてない」と心底興味もなさそうに言われて戸惑った。

この半年間、黒川は足しげく相談所に通っているし、デートが上手くいかなくとも担当者にクレームを吹っ掛けてくることもない。データだけ見れば大変優良な利用者なのに、この熱意のなさはなんだろう。

「でしたら、こんな会話で盛り上がった、とか、そういうのは……」

「会話はほぼない」

「デート中なのにですか？」

「相手が喋らないんだからそうなるだろう」

まさか、と信彦は目を丸くする。

「相手が喋るのを待ってるんですか？　相手だって緊張してるかもしれないんですから、自分からどんどん話しかけたらいいじゃないですか。デートは接待じゃないんですよ？」

口にした瞬間、こちらを見る黒川の目つきが険《けわ》しくなった気がして声を呑んだ。

見詰められているだけなのに冷や汗が背中を伝う。黒川は一切口を開いていないのに、理不尽な脅迫でもされている気分だ。

（……ヤバい、殴られる）

口元に強張《こわば》った笑みを張りつけたまま、本気でそう覚悟した。それくらい、無表情でこちらを凝視《ぎょうし》する黒川の顔が恐ろしかったのだ。

黒川はゆっくりと瞬きをすると、親指の腹で軽く唇を拭《ぬぐ》った。喫煙者がたまにやるその仕草を見て、黒川のプロフィールに喫煙習慣ありと書かれていたのを思い出す。

びくびくしながら黒川の反応を待っていると、ようやく黒川が口を開いた。

「確かに、相手から接待されるのを待ってたかもしれんな」

予想外にこちらの言葉を肯定《こうてい》されて目を丸くした。案外器の大きなタイプか、と思った矢先、黒川の眉間にぐっと皺《しわ》が寄る。

「だが、こっちはきっちり接待してたんだぞ」

無表情でも十分怖かった顔が、眉の角度ひとつで凄《すご》みを増した。怯《おび》えで声が裏返らぬよう、信彦は慎重に口を開く。

「接待、ですか……」

「そうだ。相手の好きそうな店を選んで、プレゼントも用意したし、食事代も全額こっち持ちだ。せめて話題ぐらいは相手に提供してもらわなけりゃ割に合わん——なんてことは考えてたかもしれないな」

不機嫌になったのかと思いきや、案外冷静に自分を見ている。眉間に寄った皺《しわ》も消え、もしかするとあの顔は怒っているのではなく、何か考えているときの顔だったのだろうか。

見た目は威圧的だし、口調もぶっきらぼうだが、思ったより常識的な男なのかもしれない。ならば改善のしようもある。ほっとして、自然と信彦の表情も緩《ゆる》んだ。

「でしたら、次回のデートでは黒川さんの方から話題を提供してみたらどうでしょう。共通の趣味のある方なんていかがです？　あ、その前に、黒川さんの理想とするお相手などお伺いしても？　結婚観ですとか」

ようやく本来通り滑《なめ》らかに口が回り始めた。

黒川は相変わらず無表情だが、信彦の質問を適当にあしらうこともなく「結婚観」と繰り返す。その眉間に皺が寄ったのを見て、助け舟を出すつもりで言い添えた。

「結婚って、なんでしょうね？」

信彦なら、『信頼と愛情』と答えるこの質問に、しばし黙り込んでから黒川はこう答えた。

「強《し》いて言うなら、義務と契約だ」

冗談かな、と思ったが、黒川は真顔だ。

そういう考え方もあるだろう。でも、それをこんなところで臆面《おくめん》もなく言ってしまっては駄目だ。まさか女性の前でも同じようなことを言ったのではあるまいな。

（これは前途多難だ）

信彦は顔に笑顔を張りつけたまま、歴代の担当者たちが黒川に匙《さじ》を投げた理由をうっすらと理解したのだった。


信彦の職場の最寄り駅は大きい。その周辺には繁華街が広がっているが、職場の人間と仕事帰りに一杯ひっかけるときでもない限り、信彦が職場近くで酒を飲むことはない。

特に友人の相田《あいだ》と会うときは、職場からも自宅からも離れた町で待ち合わせる。

仕事帰りに家とは逆方向の電車に乗り、久々に相田と顔を合わせた信彦は、挨拶《あいさつ》もそこそこに駅前の和風居酒屋に入った。細い通路の左右に小上がりのある店だ。半個室の部屋は通路から目隠しするように簾《すだれ》がかかっていて、店内の喧騒《けんそう》が風通しよく簾越しに吹きこんでくる。

生ビールが運ばれてくるなり乾杯もなく酒を呷《あお》り始めた信彦を見て、「荒れてるねぇ」と相田が苦笑を漏らす。

相田は信彦と同じ二十八歳だが、大きな垂《た》れ目のせいか、派手なピンクに染めた髪のせいか、どこか学生めいた雰囲気がある。一見浮世離れして見えるが、美容師としてまっとうに働く真面目な男だ。

「なんかまた仕事で嫌なことでもあった？」

カシスサワーを手にした相田に水を向けられ、無言で頷く。だが詳細な内容は口にできない。利用者のプライベートに関わるからだ。

昨日は一時間ほど黒川と面談をしたが、最初から最後までろくでもないことしか言われなかった。

結婚相手に求める条件を尋ねてみれば、「家事を完璧にこなす」とか「こっちの仕事に口を挟まない」とか「子育てに協力を求めない」とか、時代錯誤《さくご》なことしか言わないのだ。

しかし、この手の発言をする男性利用者は案外少なくない。そういう手合いは年収が一千万に迫《せま》っていようとなかなか成婚に至らず、生活の安定を第一条件に掲《かか》げる女性にすらそっぽを向かれるのが常だ。

三高がもてはやされた時代はとうに過ぎ、黒川が求めるような女性は滅多《めった》にいないと訴えたのだが、黒川の返答は冷然《れいぜん》としていた。

「数は少なくともそういう相手がいないわけじゃないんだろう。だったら探せ。それがあんたらの仕事じゃないのか」

一理あるが、カチンときたのは否《いな》めない。

「ほら桜庭、空《す》きっ腹に飲むと回るよ。ちょっとは食べなって」

食べ物に箸《はし》もつけず飲み続けていたら、相田がこちらにつまみを押し出してきた。勧められるまま唐揚《からあ》げを食べていると、遠くの席から歓声が上がる。どこかでグループ客が飲んでいるらしい。

通路の向こうから響いてくる笑い声は大きくなったり、小さくなったり、波のように変化する。高波に似た哄笑《こうしょう》が簾を揺らし、その声に紛れさせるように信彦は呟いた。

「堂々と相手を探せる僥倖《ぎょうこう》を、もっとみんな噛みしめるべきだよなぁ……」

信彦の言葉を耳に止め、相田が微《かす》かに笑う。

「まあね。僕たちなんて気楽に相手を探すこともできないんだから」

僕たち、という言葉はことさら小さく囁かれる。他の者の耳に届かぬように。

外見も職業も接点がない信彦と相田だが、ひとつ共通するものがある。お互いに、恋愛対象が同性ということだ。

信彦が相田と会ったのは今から三年ほど前。ゲイバーの片隅で出会い、恋愛関係には至らなかったが気は合ったので、たまに酒を飲むようになった。大抵は相田が恋人と別れたときか、信彦が仕事でくさくさしているときに声をかけ合っている。

「桜庭、あれから恋人できた？」

「できない」

氷が溶けて薄くなってきたカシスソーダを振り、えぇ、と相田は大げさに驚いてみせる。

「桜庭が恋人と別れたのもう一年近く前じゃん。そんなに長く一人なの？」

「あれだけこっぴどく振られたら、そりゃあ……」

笑い飛ばそうとして失敗した。たこわさに伸ばしかけていた箸を止め、片手で顔を覆《おお》う。

「俺、そんなに遊び人っぽく見える……？」

やはり空腹時に酒など流し込むものではない。冗談にできないほど声がしおれてしまい、相田が慌てた様子でテーブルを叩いてきた。

「遊び人には見えないって！　ただ、桜庭は規格外の美形だから相手がビビるんだよ」

規格外かどうかは知らないが、なぜか信彦は恋人に恵まれない。誠実につき合っているつもりなのだが、急に別れ話を切り出されたり、相手の浮気が発覚したりして破局してしまうことがほとんどだ。

別れ際、恋人たちは口を揃えて信彦に言う。

「やっぱり君みたいな人が僕相手に本気になるわけがないんだ」

「どうせお前だって二股かけてるんだろ。あちこちから声がかかってるくせに」

「あんたみたいな美形がたった一人とつき合うっていうのがもう胡散臭《うさんくさ》いんだよね。なんか裏でもあるんじゃないの？」

――思い返しても散々《さんざん》な内容ばかりだ。

「桜庭のきらきらしたイケメンっぷりはさ、他人の劣等感を刺激してくるんだよね」

「なんでだ……。俺は相手の容姿を貶《けな》したりしないのに」

「わかってるよ。でも、桜庭みたいな美形を恋人にしたら気後《きおく》れしちゃう気持ちもわかる。騙《だま》されてるんじゃないかなって疑ったり」

去年別れた恋人もまさしくそんなことを言っていた。信彦は本気で相手を好いていたし、これまでの失敗を踏まえて頻繁《ひんぱん》に恋人をデートに誘ったり、ちょっとした記念日にプレゼントなどを渡したりしていたのだが、むしろそれが相手をたらし込む詐欺《さぎ》の手口と勘違いされたらしい。

クリスマスを控えた去年の今頃、「お前の本当の目的はなんだ？」なんて張り詰めた顔で恋人に詰問《きつもん》されたときは膝から崩れ落ちそうになった。以来、恋人を作ろうなんて気持ちから遠ざかったままだ。

「――いや、もう、俺のことはいいんだ。それよりも、大手《おおで》を振って結婚相手を探せる立場にありながら、みすみすそれを棒に振ってる利用者さんが歯痒《はがゆ》くて……」

「お、なんか強烈な利用者でも登場した？」

二杯目のジョッキも半分ほど空《から》にしたところで、信彦はテーブルに肘《ひじ》をつく。酒に強くもないのに景気よく飲んでしまったせいで、なんだか呂律《ろれつ》が回らない。きょうれつ、と言葉にしたら随分と舌足らずになってしまって、刺激で覚醒を促《うなが》すつもりで舌先を軽く嚙む。

「つい昨日会ったばかりだからまだなんとも言えないけど、第一印象は、強烈だった。黒くて、デカくて、あと、怖い」

「見た目だけでもうヤバいじゃん」

「言ってることも昭和の親父みたいだし」

廊下の向こうでまたしても笑い声が上がった。酔っているせいか、鼓膜《こまく》に濡れた紙でもかぶせたように声が遠い。護岸《ごがん》に打ち寄せる波にも似た不規則な音のうねりに耳を傾け、信彦は熱っぽい瞼《まぶた》を閉じる。

「あの人、多分結婚は無理じゃないかな……」

視界が閉ざされると代わりに聴覚が鋭敏《えいびん》になる。店員の威勢のいい挨拶《あいさつ》と、グラスと食器がぶつかり合う音、けたたましい笑い声。音の濁流《だくりゅう》に呑まれそうだと思ったそのとき、異質なほど低い音が信彦の意識を引き上げた。

「それは俺の話か？」

聞き覚えのある声だった。抑揚《よくよう》が乏《とぼ》しく、ぶっきらぼうで、どことなく不穏な――。

声の主《ぬし》の顔が頭に浮かんだ瞬間、勢いよく両目を見開いていた。視線の先では、相田が強《こわ》張《ば》った顔で簾のかかった通路を見ている。信彦も恐る恐る通路に目を向け、息を呑んだ。

いつからそこにいたものか、通路に背の高い男が立っていた。全身黒いスーツを着て、ネクタイは光沢《こうたく》のある濃いグレー。片手で簾を押し上げて信彦たちの座るテーブルを見下ろしていたのは、誰あろう黒川だ。

「黒……っ、ど、どうして、ここに……！」

職場からそこそこ距離のあるこんな場所で、まさか利用者と鉢合《はちあ》わせるとは思わなかった。しかも本人の話題に触れているタイミングで。

黒川は簾を片手で上げたまま、通路の向こうに視線を投げる。

「あっちで現場のオッサンたちに酒を振る舞ってたんだ。先に会計をしておこうと思ったら、聞き覚えのある声がしたもんでな」

遠くの部屋からまた派手な笑い声が上がった。あの騒ぎの中に黒川もいたのか。

突然の乱入者に、信彦だけでなく相田も硬直してしまっている。微動だにしない二人に視線を戻し、「で？」と黒川は目を眇《すが》めた。

「結婚は無理ってのは、俺の話だな？」

とっさに相田に助けを求めたが、相田は通路とは反対側に顔を向けて動かない。その怯えきった横顔を見て援護《えんご》は望めないと悟《さと》り、信彦は無理やり口の形を笑みに整え黒川を見上げた。

「いえ、まさか、他のご利用者様の話をしていただけで……」

「デカくて、黒くて、怖いんだろう？　しかも昨日会ったばかりだ。俺以外にそんな奴がゴロゴロいるのか、あんたの相談所は」

穏やかじゃないな、と黒川は低い声で言う。

口元に張りつけた笑みが剝《は》がれ落ちそうだ。一体どうやってこの窮地《きゅうち》を乗り切ればいい。考えをまとめられずにいる信彦を、じろりと黒川が睨みつけてくる。

「どうしてあの場でそう言わなかった？」

どうして、なんて、それを本人が訊くのか。どう頭を捻《ひね》っても上手い言い訳が見つからず、体内を巡るアルコールが煮詰まっていく。もう駄目だ、と観念して、信彦は無意識に詰めていた息をドッと吐き出した。

「言えるわけないじゃないですか！　仮にもお客様に、そんなんじゃ一生結婚できるわけないなんて！」

息だけ吐いたつもりが、勢い余って喉元《のどもと》にわだかまっていた言葉まで吐き出していた。

目の端で、相田がぎょっとしたようにこちらを向く。信彦自身もやらかした、と思ったがもう遅い。むしろシャンパンの栓《せん》を抜いたように、どうにでもなれという捨《す》て鉢《ばち》な気分が溢れてくる。

「さっきは『結婚は難しい』と言ってなかったか。いつの間に『一生結婚はできない』ことになったんだ？」

「最初の言葉はオブラートに包んだだけです。言ってることは変わってません」

「お、お、おおい、桜庭……」

相田が震える声で仲裁《ちゅうさい》しようとしているが、いかんせん声が小さい。黒川は相田など眼中にもない様子だ。

「そっちが紹介してくる相手に問題があるんじゃないか？　事前に写真つきのプロフィールを渡しているのに、どうして揃いも揃って俺の顔を見た途端『失敗した』とでも言いたげな顔をする」

「それは黒川さんの用意した写真に問題があるんです。前回の面談でもそう言ったじゃないですか。前任者からも何か言われてませんか？」

「写真はもう少し鮮明な方がいいとは言われたが、どうせすぐに顔合わせをするんだ。必要ないだろう」

「必要ですよ！　はっきり言わせていただくと、黒川さんは顔が怖いんです。あんな不鮮明な写真じゃ事前に心構えができません」

桜庭、桜庭、と相田が小声で自分を呼んでいる。信彦も悪酔いしている自覚はあったが、これで黒川の認識が変わるなら本望だ。自棄になって酒を飲んでいると、目の端で黒川が片手で顔を拭うような仕草をした。

「顔は仕方がない。持って生まれたもんだ」

頭上から降ってきた声は変わらず抑揚が乏《とぼ》しかった。だが、激した様子はない。

意外に思って顔を上げると、黒川がじっとこちらを見ていた。

「プロフィール写真を変えればいいのか？」

「……え、あ、まあ、それはやっておいた方がいいと思います」

黒川は指先で唇を拭うと、わかった、と重々しい口調で言った。

「新しいデータを送る。差し換えておいてくれ。そうしたら、あんたも自分の仕事をしろ」

「俺は最初からちゃんと仕事してます」

「ならどうしてまともな相手を紹介しない」

「してますけど？」

思ったよりも呂律が回っておらず、因縁をつけてくる酔っ払いのような口調になってしまった。自分は正論を言っているはずなのに。

相田の、よせ、と言いたげな視線を無視して、信彦はジョッキをテーブルに叩きつける。

「相手に問題を押しつけるその態度がよろしくないんですよ。ちょっとは自分のせいだと思わないんですか？　貴方《あなた》の顔、怖いって言ってるじゃないですか」

「それはわかってる。だからこっちだって接待のつもりでデートのプランを組んでるんだ。それなのに二度目のデートに進めない。そっちのマッチングが失敗してるんじゃないか？　デートの内容は完璧だったぞ」

「完璧！」と信彦は一声叫ぶ。

それだ。そういうところが駄目なのだ。本人がどれほど完璧だと息巻いたところで結果が伴《ともな》っていないではないか。問題はデートそのものではない。己に非があるのでは、と謙虚《けんきょ》に考えられない黒川の性格だ。

これは本当にお手上げだと、信彦は遠慮なくビールを呷って口元を手で拭った。

「あり得ませんよ、完璧なんて。そんなデートプランがあるなら、むしろ俺たちが教えてほしいくらいです。良ければ拝見させてください。お礼に百点満点中何点になるのか採点して差し上げますから」

たっぷりと皮肉を含ませて言い放つ。相田はもうこちらに関わることをやめたのか、無心で唐揚げを食べ続けているようだ。

さすがに黒川も怒って踵《きびす》を返すだろう。でもこんなのアドバイザー失格だ。所長の田端に対して申し訳ない気持ちにもなったが、悠長に神妙《しんみょう》な気分に浸《ひた》っている暇はなかった。

「そうか。では、そうしてくれ」

酔客《すいきゃく》たちの喧騒の中でも、黒川の硬質な声はくっきりと浮き上がって耳を打つ。

最後の一口を飲み干そうとジョッキを傾けた手元が狂った。唇の端からビールがこぼれたが、拭うのも忘れて黒川を見上げる。

黒川は通路の向こうに視線を向けると、時間を気にしたように腕時計に目を落とした。

「デートの採点とやらをしてくれ。あとでメールを送っておく」

「……え。あ、の……?」

「デートの内容を教えろと言ってきた担当者はいたが、実際見たいなんて言う熱心な奴はあんたが初めてだ」

簾がばさりと落ちて、黒川の姿が見えなくなった。ゆらゆらと揺れる簾を見詰めてみても、もうその向こうに黒川の姿はない。

「……桜庭、大丈夫か?」

相田が心配そうに声をかけてきてくれたが、答えられなかった。遅ればせながら理性が戻ってきて青くなる。

(デートの……採点?)

自分で言い出したことなのに何をすればいいのかわからず、信彦は掠《かす》れた声で「大丈夫じゃない」と答えることしかできなかった。


居酒屋で黒川と遭遇した翌日、早速黒川からメールが届いた。デートの採点はいつにするか、という問い合わせだ。

信彦の勧める結婚相談所にデートの採点などというサービスはない。だが、こちらから言い出した以上、断ることも難しい。

そうでなくとも、社外で利用者の個人情報を口にするなんて本来あり得ない失態である。全面的にこちらに非があるだけに断れず、デートの採点を引き受けることにした。ただ、これはあくまで信彦が個人的に行うことなので、待ち合わせは業務時間外にしてもらった。

メールで何度かやり取りをして、土曜日の夜に信彦の勤める結婚相談所の最寄り駅で待ち合わせることになった。

当日、仕事帰りに駅へ向かった信彦は、二十時少し前に駅前に到着した。待っていると、人込みの向こうから不穏な空気をまき散らしながら黒川もやってくる。今日も今日とて黒のコートに黒のスーツ、カバンも靴も全身黒だ。土曜日の駅前は人でごった返しているが、黒川が歩くとさぁっと歩行者が道を譲《ゆず》る。このままどこかの組へ襲撃にでも向かいそうな迫力だ。

面識がある自分ですら声をかけにくい、などと思っていたら黒川がこちらに気づいた。信彦の前で足を止め、軽く頭を下げる。

初対面のときに見たのと同じ、美しい一礼だった。背筋が伸び、爪先《つまさき》が揃い、腰の角度は測《はか》ったような四十五度。

この瞬間だけは黒川のまとう威圧感も消え、姿勢の良さに育ちの良さが透けて見える。

こんなにも礼儀正しい挨拶ができるのに、顔を上げた黒川は不遜《ふそん》な態度で「行くぞ」と踵を返してしまう。毎度落差に驚くばかりだ。

改札に一瞥《いちべつ》もくれることなく駅を出て行く黒川を追いかけ、隣に並ぶ。

「今日は仕事帰りですか？」

土曜にもかかわらずスーツを着ていたので尋ねてみると「仕事だ」と返ってきた。

「仕事場から直接こちらへ？　先日お会いした居酒屋の近くですか？」

「あれは今担当してる現場の近くだ。今日は本社に寄ってきた。あんたの職場から近い」

喋っている間も黒川は歩調を緩めない。歩幅が広いせいか、信彦でもついていくのがやっとだ。ヒールの高い靴を履《は》いた女性がこのスピードについていこうと思ったら足を痛めるのではないか。早々に暗雲が立ち込める。

黒川は駅を出るとロータリーで立ち止まる。何かを待っているようだが、信彦への説明は一切ない。

「ちなみに、本日のプランは――」

尋ねる声が途中で途切れた。ロータリーにやたらと大きな車が入ってきたからだ。

駅前を歩いていた人たちも車に気づいて振り返る。大きいというより、車体が長いと言った方が正しいか。この辺りの公道ではあまりお目にかからない、黒のリムジンだ。車は滑らかに減速《げんそく》して、信彦たちの前で停止した。

運転手が降りてきて黒川に一礼する。黒川は運転手から何かを受け取ると、それを信彦に手渡した。

「今日の記念に」

にこりともせず黒川が差し出したのは、一抱えもあるバラの花束だ。両手で受け取って、その重量感に慄《おのの》いた。一体何本あるのだろう。五十本、いや、百本は下らないか。

なんの冗談かと思ったが、黒川は真顔だ。視線で車に乗るよう信彦に促してくる。

ずっしりと重い花束を抱え、これは、と信彦は思う。センスのないデートコースに連れ回されるのは覚悟していたつもりだったが。

(認識が甘かったかもしれない……)

通り過ぎる人たちが、バラの花束を抱えた信彦とリムジンに物珍しそうな目を向けてくる。すでに帰りたいが自業自得だ。利用者のプライベートを社外で口にした自分が悪い。

後ずさりしそうになった足を無理やり前に出し、信彦は覚悟を決めて車に乗り込んだ。


例えばバンジージャンプ。

あるいはジェットコースター。

恐ろしい目に遭《あ》うだろうと覚悟して挑んでみたら、むしろ思ったより悪くなかった、ということはある。

しかし逆に、覚悟をしていたつもりだったがそれ以上の恐怖や絶望を味わうこともある。

黒川とのデートは、残念ながら後者だった。

「……三十点くらいでしょうか」

二時間のデートを終え、職場近くの駅に戻ってきた信彦は、手近な喫茶店に黒川を引っ張り込むとメニューを広げる前にそう告げた。

照明を落とした店内には落ち着いたピアノ曲が流れている。夜も遅いせいか客も少ない。

信彦の向かいに座って腕を組んだ黒川は、ひとつ瞬《まばた》きをして低く問う。

「何点満点中だ？」

「……百点満点に決まってます」

テーブルに突っ伏したい気分をなんとか退《しりぞ》け、通りかかった店員にコーヒーを頼む。店員が去ると、すぐに黒川が会話を再開させた。

「七十点も減点された理由は？」

黒川は本気で減点理由がわかっていない様子で、どこから説明したものかと遠い目になった。

出合い頭《がしら》に持ち重りする花束を押しつけられ、行き先も教えられぬまま高級車に押し込まれた時点で減点ものだが、駄目押しに車の中で高級シャンパンまで振る舞われた。バブル世代か。黒川なりに女性受けのよさそうなことをやっているつもりなのだろうが、実際にやられると嬉しさよりも困惑が先に立った。

しかも車中での会話はほぼない。グラスが空《あ》けば黒川がシャンパンを注《つ》いでくれたが、終始無言なのでアルコールを強要されている気分にすらなった。

食事は黒川の行きつけだろう寿司屋に連れていかれたが、いかにも一見《いちげん》様お断りといった佇《たたず》まいで気が引けた。カウンター越しに注文をしようにも職人たちとの距離感が摑めず、ついでにどこにもメニューがないので寿司の単価がわからないという恐ろしい店だった。

次に連れていかれたのはシガーバーだ。黒川は行き慣れているのだろうが、葉巻など吸ったことのない信彦はどう振る舞えばいいのかわからず非常に居心地が悪かった。

黒川自身は行きつけの上等な店を選んでいるつもりだろうが、同行した人間がどんな印象を抱くかまでは想像できていないらしい。シガーバーを出た後、さすがに業《ごう》を煮やした信彦が「もう少し気の張らない店で休憩したいのですが」と申し出ると、高級ホテルのラウンジに連れていかれた。ちなみにそこは、コーヒー一杯が千六百円もした。今信彦たちがいる店の三倍の単価である。

あのときの、違う、と脱力したくなる気持ちを思い出す。黒川なりにランクを落としたつもりだろうが、信彦のような庶民の感覚で言わせてもらえば、断じて違う。

正直に言うと三十点でも色をつけている方だ。辛《かろ》うじて点数を上乗せできた部分は、入店する際に黒川が必ず店員に礼儀正しく一声かけていたところと、食事をするときの所作が美しかったところである。箸の上げ下げ、皿の扱い、口元を拭うさりげない仕草は、やはり育ちの良さを窺わせるものだった。

店員が運んできたコーヒーを一口飲み、信彦は意を決して口を開いた。

「はっきり言って、場所のチョイスが最悪です。相手を自分のテリトリーにばかり引きずり込もうとしないでください」

黒川が片方だけ眉を上げる。癇性《かんしょう》さを窺わせる表情に怯みかけたが、腹をくくって指摘を続けた。

「でももっとよくないのは、会話がないことと目が合わないことです。なんのためにデートしてるかわからないじゃないですか」

「俺が見すぎると威圧感を与えるだろう」

本人も自分の目つきが鋭すぎる自覚はあるらしい。寿司屋にしろシガーバーにしろ、わざわざカウンター席を選んで横並びに座ったのは黒川なりの意図があったようだ。

相手のことを全く考えていないわけではなさそうでほっとしたが、少々詰めが甘い。

「だったら横目でたまに視線を向けるだけでも十分です。とにかく相手に興味を持っていることを示してください。見ない、話さないじゃ、相手に対して無関心みたいですよ」

「無関心な相手に花を用意したり、食事代や酒代を払ったりするわけもないだろう。どれも安いもんじゃないぞ」

「それ！　それも問題です！」

思わず声が高くなり、店内に流れる静かなピアノ曲を一瞬遠ざけた。慌てて声量を落とし、身を乗り出して黒川との距離を詰める。

「デートは接待じゃないんです。相手の性格とか、価値観とか、金銭感覚を知るために重ねるものだと思ってください」

「だったら、今日のデートで俺がそれなりに稼《かせ》いでいるのがわかっただろう」

「そんなものプロフィールを見れば誰だってわかります。問題は、お金の使い方です」

黒川は不機嫌そうに眉を寄せたものの、信彦の言葉を遮《さえぎ》ろうとはしない。

「お金を使えばいいってものじゃありません。むしろ初回のデートに一体いくら使うつもりかとはらはらしましたからね。結婚したらお互いの財布が一緒になるんです。ずさんな金銭感覚の人と結婚しようなんて思いません」

それにこれ、と、信彦は隣の椅子に置いていた花束を指さした。

「この花束だって出合い頭に渡されて、ずっと車に入れっぱなしだったからすっかりしおれてるじゃないですか。いくらしたんです」

「五万」

「喜ぶよりも困惑される金額ですよ！　婚活前のデートなんてすべての行動が結婚を連想させるものなんですから、不要な出費は控えてください。たとえそれが相手を喜ばせるためのものだとしても！」

声の大きさは抑えつつも強い口調で言うと、黒川の眉間が波立った。表情にかつてない凶悪さが滲み、いよいよ席を立たれるか、怒鳴りつけられるかと覚悟したが、黒川はどちらもしなかった。無言のまま、視線を落としてコーヒーカップを睨《にら》みつける。

どぎまぎしながら沈黙に耐えていると、しばらくしてやっと黒川が口を開いた。

「俺が出すんだから、いくら金をつぎ込んだって構わないと思った」

「それは……」

「でも、違ったか」

声にこちらの言い分を真っ向から拒絶する響きはない。違うんだな、と確かめるように呟いて、黒川はゆっくりと眉を開く。

それを見て、唐突に黒川と初めて会った日のことを思い出した。あのときも黒川は会話の途中で眉を寄せ、でも信彦に自身の考えを伝えた後は眉をほどいた。あの顔は怒っているわけではなく、何か考えている顔だったのかもしれないと思っていたはずなのに。

今の今まで忘れていた。あまりに黒川の威圧感が凄まじかったものだから。

「減点ポイントは場所の選択と、相手の目を見なかったこと、会話をしなかったことと、相手の顔色を読まなかったことか。他には？」

意外にも積極的に改善点を尋ねてくる。

その姿を見て、言ってみるものだな、と思った。結婚相手に望む条件があまりにも時代錯誤だったので、もっと頑固で常識に欠ける人物を想像していたのだが。

（他人の言葉に耳を貸せないタイプではないのか）

外見や態度に反し、素直な人物なのかもしれない。もう少し黒川という人を知るべきか。そんな基本的なことに気がついて黒川自身のことを尋ねようとしたそのとき、ジャケットの中の携帯電話が低く震えた。取り出してみると、利用者からメールが届いている。

「仕事か？」

「はい、すみません、何度も……」

黒川とデートをしている最中も、何度か携帯電話にメールや電話が入って中座《ちゅうざ》する場面があった。いくら本番のデートではないとはいえ、失礼なことをしてしまったと反省する。

対する黒川はデート中に一度も携帯電話を取り出さなかった。相手はで、数少ない加点ポイントだ。

黒川に促されてメールを確認する。相手は信彦が担当している利用者信彦が担当している利用者で、まさに今女性利用者とデートをしている最中らしい。おかげでたびたび『食事代を折半《せっぱん》されてしまったのですがどうしたら』だとか『食後のお茶に誘ってもいいものでしょうか』なんてメールが入ってくる。相手が現在進行形で窮地《きゅうち》に立たされているのがわかるだけに、信彦も無視できずその都度《つど》返信していた。

素早く返信して顔を上げると、黒川がじっと信彦の手元を見ていた。

「それ、社用の携帯だろう。勤務時間外なのに律儀《りちぎ》に応対してるのか？」

「ええ、利用者さんから急を要する連絡があった場合は可能な限り応対してます。黒川さんも何かあったらお気軽にご連絡ください」

「勤務時間外でもか？」

黒川は呆れたような顔で「時間外の相談料は取ってるんだろうな？」などと尋ねてくる。

「取ってません」

「サービス残業みたいなもんじゃないか。職場でパワハラでもされてるのか？」

「違いますよ。俺が個人的にやってるんです。皆さんのお役に立ちたくて」

信彦としては本心からの言葉だったが、黒川は納得しかねた顔で鼻の頭に皺《しわ》を寄せた。

「お人好しだか愛社精神だか知らんが、俺はきちんと支払うぞ」

そう言って黒川がジャケットから財布を取り出そうとするので慌てて止めた。

「いりません、今回のデートは会社に関係なく、俺が個人的にやったことなんですから」

「そういうわけには」

「だって俺、デート中に『私』って一人称使ってないでしょう。あくまでプライベートで一緒に過ごしていたつもりです」

些細《ささい》なことではあるが、一人称の違いで信彦なりに線引きをしていたつもりだったのだが、黒川は財布をしまおうとしない。

「夕食をご馳走《ちそう》になってるんですから、お礼ならそれで十分です！」

「でもシガーバーの支払いはあんたが勝手に済ませちまっただろうが」

「俺が勝手にやったことなのに、こんなお金をいただいたら所長に怒られます」

「黙って懐《ふところ》にしまっちまえば済む話だ」

「そんなことしたくありません。自分の主張を押しつける態度、よくありませんよ。相手が遠慮してるのか本気で困ってるのか、ちゃんと見極められるようにならないと二回目のデートなんて夢のまた夢なんですからね」

すでにさんざん今日のデートの駄目出しをされた後だ。さすがに思うところがあったのか、黒川も不承不承財布を引っ込めた。

「金も払えないなら、俺はどうしたらいい」

現金を渡すほかに感謝の気持ちを示す方法が思いつかないのか、黒川は唸《うな》るような声で言う。

「でしたら、次回の面談までに理想の家庭についてじっくり考えてみてください」

「家庭？」

「ええ。婚活をしているとつい自分と相手のことしか目に入らなくなりますが、結婚は家庭を作ることですから。黒川さんなりの理想の家族を教えてほしいです」

「札束を用意しろとでも言われた方がよっぽど簡単だな」

ひどく手に余る問題でも押しつけられたような顔で黒川は溜息をつく。

「……まあ、次回までに一応は考えてみる」

それでもこんな言葉を返してくれるのだから、やはり素直な人物なのだろう。こうなると俄《が》然《ぜん》黒川を応援したくなってきて、信彦は満面の笑みで「楽しみにしてます」と返した。

十一月も半《なか》ばを過ぎて、日が落ちるのも早くなった。日増しに夜が長くなる。暗闇と寒さは心細さを連れてくる。そのせいか、この時期の結婚相談所は慌ただしい。人恋しさが何かの引き金になるのか、年の瀬が近づくにつれて入会や成婚《せいこん》が増えるのだ。

日曜日ともなればやってくる客は引きも切らず、信彦《のぶひこ》は新規入会者の手続きをしたり、立て続けに面談を行ったりと朝から忙しく働いていた。

十九時の閉店まで残り一時間。今日最後の面談者は黒川だった。

黒川は先週の土曜日に信彦と模擬《もぎ》デートを行い、翌日に女性利用者と一回目のデートをしている。本日は二回目のデートに進めるか否かの結果を黒川に伝えなければならない。

「結論から申し上げますと、残念ながら今回はご縁がなかったようです」

パーテーションで仕切られた面談室で、信彦は黒川に深々と頭を下げる。重苦しい表情の信彦とは対照的に、黒川は「縁がなかったなら仕方ない」と眉一つ動かさない。

せっかくデートの練習までしたのに、と項垂《うなだ》れたが、当の黒川はけろりとしている。自分ばかり辛気臭《しんきくさ》い顔などしていられないと気を取り直し、前回のデートの手応えや反省点などを丁寧に聞き取っていく。

信彦の忠告を踏まえ、黒川も今回のデートでは相手の女性の要望を聞くよう努力はしたようだ。相手を連れて行った店などを聞くに、なるほど改善の兆《きざ》しが窺えた。

「残る問題は黒川さんの態度ですね。今回はちゃんとお喋《しゃべ》りできましたか？　会話中の目線はどうです？　相手の目を見詰めすぎると威圧感が出てしまうのは自覚されてるみたいですが、まったく相手を見ないのもよくありませんよ。無関心そうに思われてしまいますから」

「見るのか見ないのか、どっちだ」

「バランスよくやってください。それから、もう少し表情を動かした方がいいです。表情を作れば自然と目も動くはずですよ」

信彦は立て板に水を流すように次々と注意点を並べ立てる。

デートが終わったらすぐお礼のメールを送ること。もし相手に先を越されたら「メールの文面に迷ってしまって返事が遅れました」などのフォローを入れること。相手に質問をするのはいいが尋問《じんもん》にはならないよう気をつけること。デート前は必ず鏡の前で笑顔を作ること、などなど。

最初こそ神妙《しんみょう》な顔つきで信彦の言葉に耳を傾けていた黒川だが、留意事項の多さに辟易《へきえき》したのか、途中からその顔が歪《ゆが》み始めた。

「アドバイスはこれくらいにして、先日宿題にしておいた理想の家族についてですけど、何か思い浮かびましたか？」

黒川はうんざりしたようにテーブルの脇へ足を投げ出すと、張りのない声で呟いた。

「この一週間、理想の家族とやらについて考えてみたがまるでイメージできなかった。考えるうちに、馬鹿真面目にこんな所に通っているのが間違いだったんじゃないかと思い始めたくらいだ。こんなことなら適当な女と偽装結婚でもした方が――」

「ま、待ってください！　偽装？」

話の雲行きが怪しくなってきて、慌てて黒川の言葉を押し止《とど》めた。

「どうしてそんな話になるんです？　そもそも、なんのための偽装ですか」

「祖父に対して。いや、取引先の女性に対してだな」

雲行きが怪しいどころか、まったく話の先が見通せなくなってきた。どういうことかと身を乗り出したが、黒川は余計なことを言ったとばかりむっつりと口をつぐんでしまう。

「黒川さん、ちゃんとお話ししてください。黒川さんの事情をきちんと把握していないと、他の利用者さんにもおちおちご紹介できないじゃないですか」

「紹介はしろ。俺を選ぶかどうかは相手の女が決めることだ」

黒川の言葉はいつだって傲慢《ごうまん》だ。こちらの言い分を蹴《け》り飛ばし、自分の要求を押しつけてくる。さすがにむっとして、信彦は表情を固くした。

「黒川さん、婚活をやめるにせよ続けるにせよ、いつか貴方《あなた》に大事な人ができたときのために、これだけは覚えておいてください」

信彦の声が低くなったことに気づいたのか、テーブルの隅を見ていた黒川が目を上げた。信彦は身を乗り出してその視線を捕まえる。

「会話は大事です。相互理解は会話からしか生まれないと肝《きも》に銘《めい》じてください」

他の利用者たちにも口を酸《す》っぱくして繰り返してきたセリフだ。言葉はときとしてすれ違うが、言葉でしか伝えられないこともある。

「恋愛が一時的に盛り上がる花火なら、結婚は焚火《たきび》のようなものです。火を絶やさないよう、薪《まき》をくべるようにお互いを思い合っていなければ続けられません。そしてその薪の役割を担《にな》うのが、会話です」

信彦は膝に置いた両手を固く握りしめ、黒川を見上げて切々《せつせつ》と訴えた。

「そんなふうに、一方的に会話を打ち切らないでください」

信彦を見返す黒川の目が、わずかに揺れた。これまであまり表情が変わらなかったその顔に、初めて強い逡巡《しゅんじゅん》の色が過《よぎ》る。

沈黙の後、信彦のひたむきな視線に根負けしたように黒川が腕組みをほどいた。

「……会話を打ち切るというより、あんたにこんな個人的な話をする必要があるとは思えなかっただけだ」

「してください、個人的な話。むしろ結婚相談所では、個人的な話題は避けては通れないと覚悟してください」

前のめりになる信彦の勢いに押されたのか、黒川はぽつぽつとこの相談所にやってきた経緯《けいい》を話し始めた。

黒川が婚活を始めたのは、自身の祖父に命じられたからであるらしい。その理由は、取引先の社長夫人が黒川に色目を使ったから、だそうだ。黒川は夫人の誘いに応じなかったが、妻の行動に気づいた社長は激怒して、一度は黒川建築との仕事を打ち切りかけたそうだ。

「その顚末《てんまつ》を聞いた祖父が『お前が所帯を持っていればこんなことにはならなかっただろう』と言いだして……」

「そ、そんな理由で結婚を？　他のご家族はお祖父様《じいさま》を止めなかったんですか？」

「他の家族は、父親ぐらいしかいないからな」

聞けば黒川は物心がつく前に母親を亡くし、父方の祖父と父親の三人暮らしらしい。しかも父と祖父は仕事で忙しく、会社や出張先のホテルに泊まってばかりで、幼少期の黒川はほとんど一人で自宅で過ごしていたそうだ。

たまに訪れるのはハウスキーパーくらいで、夜が更《ふ》ける前に帰っていく。黒川が結婚相手に対してメイドのような役割を求めがちなのは、まさにそういう役目の女性しか家にいなかったせいかもしれない。

「夜は完全に一人になっちまうから、自分で家中の戸締まりをして寝てたな」

「……それ、ネグレクトじゃないですか？」

さすがに黙っていられず口を挟んだが、黒川はけろりとした顔で「そんな大層《たいそう》なもんじゃない」と言う。

「『男ならこの程度でガタガタ言うな』が祖父の口癖だ。めそめそしようもんならぶん殴られたが、古い人だからな。自分自身そういうふうに育ってきたんだろう」

「お父様は……」

「父も同じように祖父に育てられてきたんだ。文句のあるはずもないだろう。何かあったらすぐ警備会社の人間が飛んでくるようになっていたし、問題ない」

一般常識からはかけ離れたことをさも当然のように言い放ち、黒川はどこともつかない宙を見詰める。

「あんたに言われて理想の家族について考えてみたが、さっぱりだ。自分が結婚したとしても、家の中に俺一人でいる姿しか思い浮かばなかった。同じ家に四六時中別の誰かがいるところが上手く想像できない」

黒川にとって、自宅は一人で過ごす場所だった。大学進学と同時に実家を出た後も一人暮らしで、プライベートな場所に他人がいる感覚がよくわからないのだそうだ。

とつとつと過去を語る黒川を見て、信彦はそっと眉を寄せる。黒川の表情が淡々としているのがいっそう遣る瀬《やせ》無い。小さな子供が一人で夜を過ごすなんて信彦からすれば信じられないことだが、黒川にとってはごく当たり前の日常だったのだ。

痛々しい表情をなんとか隠し、信彦は懸命に打開策を探る。

「だったら、一度他人を家に上げてみたらどうですか？　やってみたら案外他人と一緒に過ごすのも楽しいかもしれませんよ」

「家に呼べるような相手がいない」

「学生時代のお友達とかは？」

「大学の頃は、昼は学校、夜はインターンとしてうちの会社で働いてたからな。学部の連中とは連絡先も交換してない」

「でしたら、職場の人とか……」

「本社の人間ともプライベートな連絡先は交換してない。社用の携帯でやり取りするとログが残るし面倒だ。現場のオッサンたちは呼んでも来ない」

「あの、でもせめて、恋人を部屋に呼んだことくらいはありますよね……？」

「いや、店かホテルで会うのがほとんどだ」

自宅を行き来しなかったのかと驚いたが、詳しく聞いてみて納得した。黒川の恋人はバーのママやホステス、あるいは芸者など、玄人《くろうと》がほとんどだったそうだ。恋人というよりは、割り切った愛人関係に近い。

適当な相手と偽装結婚をした方が話は早い、なんて結論に落ち着いてしまう黒川の思考回路がわかってきたような気もするが、当然ながらお勧めはできない。

こうして結婚相談所で黒川と知り合ったのも何かの縁だ。どうにかしてやれないものかと考え込み、信彦はこんな提案をしてみた。

「でしたら、私を家に招待してみませんか？」

思いもよらない言葉だったのだろう。黒川は驚きも露《あら》わに目を見開いて、眉間にじわじわと皺《しわ》を寄せた。

凶悪な面相《めんそう》に怯《ひる》みそうになったが、これはきっと、考え、悩んでいる顔だ。ならば畳《たた》みかけてしまえと口早にまくし立てる。

「そろそろ勤務時間も終わりますし、この面談が終わった後、駅前で少し待っていてもらえればすぐに合流できますが」

「業務時間外にまたただ働きする気か？　完全に業務内容外の仕事だろう」

「そうですけど、俺がやりたくてやってることなので。楽しいんですよ、皆さんと一緒に婚活するの。利用者さんが成婚すると、それまでの苦労なんて全部飛んでいきます」

とはいえ、業務内容を大きく外れているのは事実だ。黒川がそこまで踏み込んだサポートを望まないのなら、信彦も手を貸すことはできない。

「……やっぱり、ご迷惑ですかね？」

黒川は思わずと言ったふうに「いや」と答えてから、まじまじと信彦を見て言った。

「あんた、変な人だな」

黒川さんほどでは、などと言えるはずもなく、信彦はただにっこりと笑った。

黒川の自宅は、信彦と相田《あいだ》がよく飲みに行く界隈《かいわい》にあるらしい。

結婚相談所からも信彦の自宅からも距離があるそこに行くより、実家の方が近いからと、黒川は信彦をタクシーに押し込んだ。

二十分ほど車を走らせ、住宅街にやってくる。マンションやアパートがごみごみと建ち並ぶ道をさらに進むと一軒家が増えてきた。

黒川の実家は、家の周囲を分厚《ぶあつ》い塀《へい》でぐるりと囲んだ平屋《ひらや》の一軒家だった。目隠しのように庭木も植えられているので中の様子はよくわからないが、随分と広い家らしいことは外から見ただけでもわかった。

入り口は瓦《かわら》の屋根を葺《ふ》いた重厚《じゅうこう》な数寄屋門《すきやもん》で、門の脇には暗証番号式の電子錠《じょう》がついている。防犯カメラも設置され、一般家庭とは思えないセキュリティだ。

「なんだか、極道の親分の家みたいですね」

「昔はそうだったらしいな」

冗談のつもりで呟いたら、あっさり肯定されて絶句した。先に門をくぐった黒川は振り返りもせず、世間話のような気楽さで続ける。

「曾祖父《そうそふ》はヤクザの親分だ。俺が生まれる前に他界したから実際に会ったことはないが」

「ほ、本当ですか？」

「ああ。でも組長業は若いうちに引退したらしいぞ。これからはヤクザじゃ食っていけないって建築会社を作って、組も解体してる」

門から玄関まで続く飛び石を踏みながら振り返った黒川は、強張った信彦の顔を見て唇の端を持ち上げる。

「裏社会とはすっぱり手を切って、今じゃ一族でクリーンな会社経営をしてる。心配しなくても俺は堅気《かたぎ》だ」

返答に迷っているうちに黒川が家の鍵を開けた。格子状の引き戸が音をたてて開く。黒川の肩越しに覗き込んだ室内は真っ暗だ。

「家には誰もいらっしゃらないんですか？」

「ああ、父も祖父も滅多《めった》に立ち寄らない」

それにしては埃臭《ほこりくさ》さを感じない。自転車が三台は優に置ける広い三和土《たたき》も綺麗に掃《は》き清められている。不思議に思って尋ねると、誰も寄りつかない家を清掃するためだけにハウスキーパーを雇《やと》っているらしい。

玄関を上がった先には長い廊下が続いており、玄関先の明かりが奥まで届いていなかった。家の中は外と変わらぬ寒さで、磨《みが》き上げられた廊下も冷え切っている。

人の声も、気配もしない。こんな家に、子供時代の黒川は毎日帰って来ていたのか。

縁側《えんがわ》に面した八畳《じょう》ほどの客間までやって来ると、黒川はすぐに「何か飲み物でも持ってくる」

と部屋を出て行ってしまった。

信彦は部屋の中央に置かれた座卓の前に腰を下ろす。室内を見回してみるが、座卓の他にはテレビも茶箪笥《ちゃだんす》も、何もない。

同じ和室でも、信彦の実家は座卓の上に読み止《さ》しの新聞が置かれていたり、その下にテレビのリモコンが隠れていたり、落花生《らっかせい》の殻《から》が転がっていたりと、誰かの痕跡《こんせき》といえるものがたくさんあった。

だが、この家にはそうしたものが欠片《かけら》もない。まるで旅館だ。前の宿泊客の痕跡を丁寧に拭《ぬぐ》い去った後のような。

室内から縁側へと目を向ける。信彦の家にも縁側があった。日当たりのいい縁側の突き当たりにはマッサージチェアが置かれ、信彦が小学生の頃まで存命だった祖父が、よくそこでうたた寝をしていたものだ。

雑然とした実家の風景を思い出していたら、黒川がペットボトルに入ったミネラルウォーターを手に戻ってきた。

「冷蔵庫にこんなもんしかなかった。茶でも出そうと思ったが、急須《きゅうす》の場所がわからん」

実家にもかかわらず、まるで他人の家の台所に立ち入ったような言い草だ。

礼を言って水を受け取った信彦は、無表情でごくごくと水を飲む黒川を見て、きっとこれが子供の頃から続く黒川の日常なのだ、と悟《さと》った。家のどこに何があるのか教えてくれる人もなく、ハウスキーパーが用意してくれたものを文句も言わず口に運んで、夜は一人布団に潜《もぐ》り込む。

「……こんな大きな家に一人きりじゃ、淋《さみ》しかったですね」

畳《たたみ》の香りが漂う室内の空気を、信彦の頼りない声が震わせる。

ペットボトルから口を離した黒川は、そこでようやく信彦の顔を見たような表情をして目を瞬《しばたた》かせた。

「なんであんたがそんな顔をする」

黒川の声には驚きと、微《かす》かな動揺が滲《にじ》んでいた。多分、信彦が親に置き去りにされた子供のような顔をしていたせいだろう。

戸惑い顔の黒川を尻目に、信彦はペットボトルから水を飲んで小さく息をついた。

「想像してたんです。子供の頃の黒川さんの隣に立ったら、どんなふうに感じるかなって」

「なんだそれは。なんの儀式だ？」

「いえ、そんな妙な話ではなくて」

本気で怯んだような顔をする黒川を見て、信彦は微かな笑みをこぼした。

「結婚するとなったら、四六時中他人と一緒にいることになるわけでしょう。お互い生きてきた環境も考え方も違うんですから、衝突することも増えると思います。そういうとき、他人に寄り添うことは大事です」

「それがさっきの儀式か？」

「儀式じゃないです。他人に寄り添うって、そのときのその人の立場を想像するってことですよ」

信彦は縁側に視線を向け、実際よりずっと遠いところを見詰めるように目を眇《すが》めた。

「俺は子供の頃、落ち込むとよく縁側で過ごしてました。そうやっていると、家族の誰かがいつの間にか隣に座ってくれるんです。祖父がうたた寝してたり、姉が腹這いで宿題やってたり、父が隣に座ってくれたり」

家族は気まぐれに信彦に声をかけてくる。それは慰《なぐさ》めの言葉とは限らなくて、くだらない内容だったり、自分の昔の話だったり様々だったが、とりとめのない言葉に耳を寄せていると、不思議と心が宥《なだ》められたものだ。

「あんたの家は、大家族なのか？」

「大家族ってほどでもありません。子供の頃は両親と祖父母と姉の六人家族でした。今は祖父が他界して、俺も家を出て……代わりに義理の兄と甥《おい》と姪《めい》が増えたので、実家は七人家族ですね。お正月なんかは賑《にぎ》やかですよ」

縁側から室内に視線を戻してみると、こちらを見る黒川の目が微かに左右に揺れていた。まるで信彦の後ろにその家族の姿を探しているかのようだ。信彦と目が合うと、我に返ったように瞬《まばた》きをして小さく首を振る。

「やっぱり俺に理想の家族はわからん。想像したところで、なんだか絵空事みたいだ。その中に、自分がいる光景が思い描けない」

黒川はペットボトルに残っていた水を飲み干すと、固くその蓋《ふた》を閉めた。

「あんたのところみたいに、家族らしい家族じゃなかったんだ、うちは」

それきり黒川は目を伏せてしまい、その目の奥に揺れる感情が見えにくくなる。黒川自身、自分の家族が疎遠《そえん》だった自覚はあるようだ。

「でも黒川さん、箸《はし》の持ち方が綺麗ですよね。字も綺麗ですし」

黒川が顔を上げる。突然の話題転換についていけなかったのか、少し困惑した表情で。

「箸と鉛筆の持ち方は、祖父に叩きこまれた」

「それから姿勢もいいですよ。挨拶《あいさつ》をするときの所作も綺麗ですし」

「そういうのは父親がうるさかった」

「俺はそれも一種の愛情表現だと思うんです。自分の目の届かない場所でも、子供が恥をかかないようにしてるんだろうなぁ、と」

黒川の眉間《みけん》が狭《せば》まった。何事か考えているようだ。ややあってから薄く唇を開いたが、思い直したように口元を手で覆《おお》う。

「……どうだろうな。ちんたらやってるとぶん殴られるから、単に苛々《いらいら》してるんだとばっかり思ってたが」

「俺も子供の頃は、両親に叱られるたびに半べそかいてましたよ。姉は親より厳しかったです。もしかして嫌われてるのかなって思ったこともありましたが、今は感謝してます。姉は親より年が近い分、俺が近々直面するだろう問題が鮮明に見えてたんでしょうね。その分、耳の痛い指摘ばかり飛んできましたが」

「子供のくせに達観《たっかん》してるな」

まさか、と信彦は肩を竦める。

「祖母にそう慰められて初めて気がついたんです。相手の言葉を真正面から受け止めるだけじゃなくて、その言葉の裏にどんな意味があるか考えるのも大切だって」

祖母はいつも信彦の味方で、縁側で落ち込んでいる信彦のもとにもよく来てくれた。そして結果よりも信彦の努力を誉めて「頑張った、頑張った」と背中を撫《な》でてくれるのだ。

柔らかな祖母の掌《てのひら》を思い出しながら、信彦は黒川に提案する。

「黒川さん、一度ご家族とゆっくりお話してみたらどうですか？」

「今更、何を」

「なんでもいいです。会話の練習のつもりで、たまには本音で語り合ってみては？」

いかにも気乗りしない顔をする黒川を励《はげ》ましつつ、信彦は少し後ろめたい気分になる。

(自分にできもしないことを、偉そうに)

信彦が最後に実家に顔を出したのは今年の正月だ。去年までは夏にも一度戻るようにしていたのだが、今年はいよいよ仕事を言い訳に夏の帰省を放棄した。

顔ぶれは変わっても、家族は信彦が子供の頃と変わらずのんきで、平和で、温かい。

だからこそ、ときどき身の置き所がわからなくなる。当たり前に結婚して、家族を持って、子育てしている人たちの中で、自分だけ異質な存在である気がしてしまう。

「——理想の家族はいったん置いておいて、理想の女性像はないんですか?」

とっさに口を衝《つ》いて出た言葉は、黙り込んでしまった黒川への助け船と言うより、自分自身がこの話題から逃げ出したかったからだ。

沈没船から浮き輪を投げるような危うさだったが、幸いにも黒川はきちんと信彦の問いかけを受け止めてくれた。

「強《し》いて言うなら、薄幸《はっこう》そうな女だな」

「幸薄《さちうす》そう、というと?」

「大人しくて暗い感じだ。実際につき合う女は真逆なことがほとんどだが」

なんとなく、黒川の理想の女性は肉食獣じみたタイプだと思っていたので意外だった。

「そういうタイプの女性とおつき合いをしたことが?」

「いや、ない。ただ昔、一度だけそういうタイプの女を追いかけて……でも結局、手を取ってもらえなかった」

呟いた黒川の目元に、過去を懐かしむような色が過《よぎ》った気がした。もしかして、と信彦は内緒話をするように声を潜《ひそ》める。

「それって、黒川さんの初恋の人ですか？」

ゆっくりと視線を上げた黒川は、思いがけず無防備な表情で「かもしれん」と答えた。

「まあ、ガキの頃の話だ。あとは物怖《ものお》じしない相手がいい。目が合うたびにびくびくされちゃ敵《かな》わん」

「だったらもう少し笑顔の練習をしましょうよ。黒川さんだって仕事ならもっと愛想《あいそ》よくしてるんでしょう？」

「してない。現場監督なんて職人連中に舐《な》められたら終わりだ。ただでさえ俺なんてオッサンどもに小僧扱いされてるっていうのに」

この黒川をもってして小僧扱いとは、黒川もなかなかハードな職場にいるらしい。普段からやたらと表情が険《けわ》しいのはそのせいか。

だとしてもデートのときくらいは、と説得しようとしたら、黒川が遮《さえぎ》るように言った。

「こういう地顔《じがお》でも動じない奴がいいんだ。あんたみたいな」

さらりと口にされた言葉を、同じくさらりと聞き流そうとしたのに、失敗した。しゃっくりでもしたときのように息が途切れてしまって、慌てて会話を再開させる。

「お、男で残念でしたね」

「本当にな」

これもまたさらりと肯定されて、心臓に重苦しい圧がかかった。

黒川に悪気はない。同性同士で交わされるこの手の会話は冗談にしかなり得ない。もしかしたら信彦の恋愛対象が男性かもしれない、なんて夢にも思わないのだろうから。こういうとき、自分がマイノリティであることを痛感する。

(最初から同性なんて、選択肢にも入ってないんだよなぁ……)

ひっそりと溜息を押し殺していたら、逆に黒川から質問をされた。

「ちなみに、あんたの理想の相手は？」

「え、お、俺ですか？」

不意打ちに声が裏返った。黒川は「俺ばかり言わされるのは不公平だ」と真顔で言う。自身の性的指向を思えば動揺しないわけもなかったが、信彦はできるだけなんでもない笑顔を作ってそれに答えた。

「ゆっくり話を聞いてくれる人でしょうか。それから、お互いの仕事に理解があるといいですね。パートナーとはいろいろな悩みを打ち明けられる関係でありたいと思います」

なんだかありきたりな回答になってしまったと思ったが、黒川は耳に心地のいい音楽でも聴いたときのように軽く目を伏せた。

「あんたの選ぶ恋人らしいな」

その顔が随分と満足そうに見えたものだから、単なる理想です、と言い足せなかった。

信彦も黒川と一緒で、実際につき合う相手と理想の相手は真逆であることが多い。理想と現実のギャップはなかなか埋《う》まらない。

向かいに座る黒川に向かって、お互い難しいですね、と胸の中でだけ呟いた。


なんだかんだ一時間近く黒川と話し込み、夜も深まる頃家を出た。黒川もマンションに帰るそうで揃って外へ出る。

このまま駅に向かうのかと思いきや、道路に出るなり「まだ少し時間はあるか」と黒川に尋ねられた。特に予定もなかったので、黒川に導かれるまま夜道を歩く。

しばらく歩くと、マンションと民家の間に埋もれたような小さな公園にたどり着いた。砂場とジャングルジムの他に遊具《ゆうぐ》らしきものはない。入り口には自動販売機が置かれ、冬の冷たい空気に白々と光を放っていた。

黒川は自動販売機の前に立つと信彦を振り返り「コーヒーでいいか？」と尋ねてくる。

今日の礼のつもりだろうか。心遣いを無下《むげ》にするのも気が引けて、信彦はありがたくコーヒーをおごってもらうことにした。

コーヒーを買った黒川は公園の中に入っていく。敷地の四隅《よすみ》に街灯が立っているだけの園内は薄暗く、他に利用者の姿もない。黒川は迷うことなく歩を進め、植え込みの前に置かれたベンチに腰掛けた。信彦も隣に腰を下ろすと、ようやく缶コーヒーを手渡される。

「さすがに水なんて飲まされたら体が冷えただろ。悪いな、湯のひとつも沸かせなくて」

そんなことを気にしてくれていたのかと、少しだけ面映《おもは》ゆい気分で思う。礼を言ってプルタブを上げれば、温かな湯気と一緒にコーヒーの苦《にが》い香りが夜の公園に広がった。

ゆっくりと口に含んだコーヒーは、普段飲む缶コーヒーより格段に熱く感じた。傍《かたわ》らで黒川も栓《せん》を上げ、一口飲んで白い息を吐く。

「勤務時間外にわざわざこんなところまで来てもらったんだ。何か礼を、と思ったが、あんたは金なんて受け取ってくれないだろう」

そうですね、と信彦は笑う。

「ホテルのラウンジに連れていっても嫌そうな顔をされるだろうし、だからと言ってこの辺にはゆっくりできる店もない。公園くらいしか行く場所がなかった」

「お、ちゃんと相手の顔色が読めてるじゃないですか。いい傾向《けいこう》です」

夜の野外は不思議な開放感があり、家の中で相向《あいむ》かいになっていたときより互いに口調が軽やかになる。

「高い花を贈るのもよくないらしいしな」

「いや、花自体はよかったと思いますよ。俺も花を眺めるのは好きですし」

「だったら、これはどうだ」

黒川が背後を振り返る。

ベンチの後ろには、公園を囲うように背の高い木が植えられている。黒川と一緒にそちらを振り返った信彦は、あ、と声を上げた。公園に入ってきた直後は気がつかなかったが、植え込みに花が咲いている。

「これ、椿《つばき》ですか」

「ああ。この時期になると綺麗に咲く。ガキの頃からよく見てたから、俺にとっては一番馴染みの深い花だな」

丸みを帯《お》びた花びらを重ね、その内側に黄色い雄蕊《おしべ》を抱きしめた椿の花が闇に揺れる。蕾《つぼみ》も多くあるところを見ると、これから本格的な見頃になるのだろう。

「この花を渡そうかとも思ったんだが、公園の花を勝手に折っちゃまずいしな」

「意外と倫理観がしっかりしてますね」

「倫理と言うより常識だ」

喋《しゃべ》っている間も、黒川は赤い椿をゆっくりと視線でなぞっている。黒川自身椿が好きなのかもしれない。

信彦も一緒に椿を眺め、視界の端に黒川の姿を収めた。

缶コーヒーと公園の椿。前回のデートとは打って変わって、学生のデートコースのようなそれに自然と頬が緩んだ。

（この人はちゃんと相手の言葉に耳を貸して、実践するだけの素直さがあるんだな）

最初こそ令和《れいわ》にそぐわない黒川の結婚観に慄《おのの》いたが、じっくりつき合ってみればこんなにアドバイスのしがいがある相手も少ない。

（黒川さんの場合、まっとうな人づき合いを教えてくれる人が周りにいなかっただけなんじゃないか？）

黒川の父親は黒川建築の代表取締役で、祖父は会長。曾祖父に至っては黒川組の組長だ。そんな家系で育った男が多少規範から外れる言動をしても、周囲の人間は目をつぶってしまったのではないか。そして唯一それを窘《たしな》めることができただろう家族は、幼い黒川のそばにいなかったのだ。

信彦はまだ椿を眺めている黒川の横顔を見上げ、ゆっくりとした口調で言った。

「コーヒー、ありがとうございます。椿も見せてもらえて嬉しかったです。ちゃんと俺向けのデートコースに修正してくれましたね。黒川さんのそういう素直なところ、凄《すご》くいいと思います」

声に反応してこちらを向いた黒川の表情が、ゆっくりと変化する。最初は無表情だったのに、信彦の言葉が進むにつれて眉が波立ち、最後は渋柿《しぶがき》でも口に含んだような顔になった。

どういう感情に裏打ちされた表情だろうと思っていると、黒川が片手で口元を覆った。

「面と向かって言うか？　そういうことを」

ふいと黒川から目を逸《そ》らされ、これは嫌がっているというより照れているのだろうと判断して信彦はにっこりと笑う。

「言わないと伝わりませんから。黒川さんも思ったことはちゃんと相手に伝えたほうがいいですよ。最初は照れくさいかもしれませんが、頑張ってみてください」

黒川はコーヒーを飲むばかりで返事をしない。その場しのぎに適当な相槌《あいづち》を打たない辺りは誠実か。

「結婚は長丁場ですからね。相手のいい所も悪い所も気がついたら口にしないと、お互いに不満をため込むことになりますから」

無言でコーヒーを飲んでいた黒川が、深い溜息をついた。

「……結婚は難しいな。あれこれ他人に気を遣わなきゃならんし、煩《わずら》わしいくらいだ」

「そうですか？　俺は羨《うらや》ましいです」

声に切実さが宿らないよう、なるべく軽い口調で信彦は言う。自分は好きな相手がいても、結婚すらできないのだ。それを思えば、終生《しゅうせい》を誓った相手を周囲に紹介できるなんて羨ましくて仕方ない。

しかし黒川は不満げな顔を崩さない。実際、結婚なんてしたくはないのだろう。婚活を始めたのも祖父の命令だと言っていた。改めて考えればとんでもない話だ。あのう、と信彦は控えめに口を開く。

「黒川さんのお祖父様は、本当に黒川さんの結婚を望まれてるんでしょうか？」

「ああ。所帯を持てと言われたからな」

「だとしたら、お祖父様から縁談のひとつも持ちかけてくれそうな気がするんですが」

黒川は思いもかけないことを言われた顔で信彦を見て、眉間に小さく皺を寄せた。

「祖父はそこまで面倒見がいい人じゃない」

「でしたら、結婚相談所に通い始めたきっかけは？　ご家族に勧められて？」

「いや、俺の独断だ。結婚を前提とした相手を探すのに、これ以上手っ取り早い方法もないだろう」

ちなみに田端《たばた》結婚相談所を選んだのは、会社の近くにあったからという他愛《たわい》もない理由らしい。家族は黒川が結婚相談所に通っていることさえ知らないそうだ。

話を聞くほどに違和感が深まる。もしや黒川は、祖父が冗談交じりに口にした言葉を勝手に重く捉《とら》えているだけなのではないか。

（そんなことで本当に結婚する気かな）

信彦には理解が及ばないが、黒川にとって家族の言葉はそれほど絶対なのだろう。幼い頃は滅多に家族と顔も合わせていなかったようなのに。

それとも、滅多に会えなかったからこそなのか。

もう少し家族の話題に触れてみようかと思ったが、すでに夜も遅い。どうせ話を聞くならゆっくり時間をとれるときにしようと思い直し、信彦は残りのコーヒーを飲み干した。

「ご馳走様《ちそうさま》でした。寒くなってきましたし、そろそろ行きましょうか」

とっくにコーヒーを飲み切っていた黒川も「そうだな」と言ってベンチを立った。

公園を出る前に、信彦は椿の茂みを振り返って闇の中で揺れる花を目に焼きつける。

自宅からほど近い場所に咲くこの花を、黒川も子供の頃からよく見にきていたのだろうか。

想像して目元を緩めていると、黒川が「なんだ」とこちらの顔を覗き込んできた。

「いいえ、大事な場所を教えてもらえて嬉しかっただけです」

笑顔で言い返すと、黒川の顔に虚《きょ》を衝かれたような表情が浮かんだ。黒川はそれを隠すように信彦から顔を背《そむ》け、大股で公園の入り口へと向かう。

そのまま無言で駅まで向かうのかと思いきや、前を行く黒川がぼそりと言った。

「……俺も、あんたと一緒に花が見られて、よかった」

黒川にしては気の利《き》いたセリフに驚いて、うっかり黙り込んでしまった。その沈黙をどう読み間違えたのか、黒川が苦い顔で信彦を振り返る。

「思ったことはちゃんと相手に伝えろと言ったのはあんただろう。黙るな」

いつもより低い声は、もしかすると照れ隠しだろうか。信彦は口元を緩めて黒川の隣に並んだ。

「今夜のデートなら百点満点ですね」

黒川が、ふん、と鼻から息を吐く。その隣を歩きながら、信彦は忍び笑いを漏らした。

（やっぱりこの人、凄く素直だ）

力になってあげたい、と思った。いつか黒川が本当に結婚したいと思える相手に出会ったとき、スムーズに相手と距離を縮められるように。

もしかしたらその相手は、次のマッチング相手かもしれない。そうだったらいい。でも、そうなったら黒川とのこんなやり取りもお終《しま》いだ。

正面から冷たい風が吹きつけて、肌にちくりと痛みが走る。

成婚が決まった利用者の担当を終えるのは喜ばしいことだ。そのはずなのになぜか淋しいような気分になって、寒さのせいかな、と信彦はコートの襟《えり》を掻《か》き合わせた。


田端《たばた》結婚相談所では、スタッフはシフトを組んで週に二日休みを取るようにしている。相談所の定休日が火曜なので、信彦《のぶひこ》は水曜に休みを取ることが多い。

今日は水曜で本来は休みなのだが、信彦は職場近くの喫茶店前で夜空を見上げていた。それも疲弊《ひへい》しきった表情で。

つい先ほどまで、信彦は担当している利用者と会っていた。以前、信彦に対して「どうして桜庭《さくらば》さんが結婚できないのか不思議です」としきりと首をひねっていた枝元《えだもと》だ。

枝元から携帯電話に電話がかかってきたのは夕方のこと。休日なので社用の携帯電話は電源を落としていたが、枝元は信彦の私用の電話番号に連絡を入れてきた。「マッチング相手からいつメールが来るかわからないし、すぐ桜庭さんに相談したいんです」と以前泣きつかれて教えてしまっていたのだ。

電話口で枝元は『桜庭さん、今日お休みなんですか？　僕のデート明日なのに、相談したいこともたくさんあったのに……！』と訴えてきた。休日まで応対する義務はなかったが、枝元は信彦に相談とやらをしなければデートが絶対失敗すると信じ切っている様子で、放っておくことができなかったのだ。

しかしまさか、喫茶店で四時間も拘束《こうそく》されることになるとは夢にも思わなかった。どっぷりと暮れた空を見上げ、さすがにやりすぎかな、と思う。これまでは業務時間外だろうが定休日だろうが可能な限り応対してきたが、ここのところ枝元はその頻度《ひんど》が多すぎる。ときどきは婚活とは関係のない雑談をするため電話をかけてくることさえあるのだ。

（枝元さんとは、少し距離をとるべきか）

視線を夜空から正面に戻し、駅の方へと目を向ける。十分ほど前に別れた枝元は、信彦にさんざん弱音を吐いてすっきりしたのか「明日のデートの下準備があるので」と笑顔で駅へ向かった。信彦も早く帰りたいのだが、うっかり駅前で枝元と鉢合《はちあ》わせたら、と思うと足が重い。何かこの界隈《かいわい》で済ませておくべき用事などなかったか、と頭を巡らせ、黒川《くろかわ》の勤務先がここから近いことを思いだした。

携帯電話を取り出して調べると、駅とは反対方向へ五分も歩けば黒川建築に着くらしい。時間を潰《つぶ》すにはちょうどいいかと、信彦は黒川の勤める会社へ向かった。

十二月に入り、クリスマスの飾りつけが施《ほどこ》された駅前は随分華やかだったが、企業のビルが建ち並ぶこの区画はどこを見ても灰色だ。時刻は二十時をとうに過ぎ、ビルの窓に灯《とも》った明かりもところどころ歯抜けができている。

コートのポケットに両手を入れてぶらぶらと歩いていた信彦は、目的のビルの前で立ち止まって口を開けた。

「ここかぁ……」

人通りの少ない夜道に、信彦の声が小さく響く。見上げたビルは、てっぺんを見ようとしたら顎《あご》が完全に上を向いてしまうほど高い。こんな大きな会社に勤めているのに見合いが進まないなんて、と溜息をつく。

黒川の実家を訪れてから二週間が経過した。その間に黒川は三人の女性と見合いをして、そのうち二人とはデートに進んだが、そのどちらからも二回目のデートはお断りされていた。

やはり問題はあの強面《こわもて》だろうか。にじみ出る威圧感はいかんともしがたいものがある。

(でも、表情が乏《とぼ》しいだけで黒川さん自身は素直な人なんだけど……)

ビルを見上げてそんなことを考えていたら、入り口から社員らしき男性が出てきた。口を半開きにした間抜けな顔でビルを見ていた信彦は慌てて踵《きびす》を返しかけたが、中から出てきた男性と目が合って動きを止めた。

黒いスーツに黒っぽいネクタイ、葬式帰りのような恰好《かっこう》をした男は、黒川だ。

黒川も信彦に気づいたらしく、「何してんだ、あんた」と大股でこちらへ近づいてきた。

「いえ、ちょっと近くを通りかかったもので、黒川さんがどんなところで働いているのか拝見させていただこうかな、と……」

黒川は背後のビルを振り返り、呆れたように眉を上げる。

「俺は普段、現場に詰めっぱなしだ。今日はたまたま用事があって本社に来ただけで、滅多《めった》にこっちには顔を出さないぞ」

「でも一応拝見しておけば、マッチングした女性にもいろいろ情報提供できますし」

黒川の唇から白い息が漏れる。溜息をつかれたようだ。

「あんたは仕事のことばっかりだな。今も仕事の帰りか？」

「いえ、仕事は休みだったんですが、近くで利用者さんのご相談に乗ってました」

答えた途端、「何？」と黒川が眉間《みけん》に皺《しわ》を寄せた。今までで一番標高が高い。何か考え込んでいるときとは眉の寄り方が違う。声も一気に低くなって、何やら機嫌が悪そうだ。

「休みの日に、わざわざ利用者の相談に乗ってるのか？　しかも電話じゃなく、直接会いに職場の近くまで来て？」

「そ、そうですね。随分と困っていらっしゃるようだったので……」

唐突に黒川の機嫌が傾いた理由がわからず、信彦は当たり障《さわ》りのない返事をする。

信彦を見下ろす黒川の眉間が複雑に変化する。皺が浅くなって、今度は何か考え込んでいるようだ。固唾《かたず》を呑んで見守っていると、黒川の声音に窺うような響きが交じった。

「……いつもそんなことやってるのか」

「そんなこと、と言いますと……？」

問い返すと、何やら言いにくそうに口ごもられた。何を言われるのか見当もつかず戸惑うばかりの信彦の前で、黒川は舌打ちでもしそうな顔で口を開く。

「デートの採点をしたり、利用者の実家に来たり、そういう……俺にやったようなことを、他の利用者にも普段からやってるのか」

「え、いえ、決してそういうわけでは……」

利用者と顔を合わせるのは面談のときだけで、他はメールや電話のやり取りで済ませるのがほとんどだ。デートの採点や、利用者の実家まで訪ねたのは黒川が初めてだった。

「だが勤務時間外に利用者と会うのは珍しくもないんだろう？　今日だって休みなのにわざわざ職場の近くまで来てたくらいだ。どういう基準で勤務時間外に会ったり会わなかったりするんだ？」

「基準というか……利用者さんから声がかかれば出向く感じでしょうか」

「ということは、頼まれれば誰にでもこういうことをやってるってわけだな？」

黒川の眉間に寄った皺が深くなった。不機嫌と思案の中間のような顔だ。

信彦もじっと黒川の顔を見上げてみるが、その心中を推《お》し量《はか》ることは難しい。業務の範疇《はんちゅう》を超えた仕事をしている信彦を案じてくれているのかとも思ったが、自分の部下でもあるまいし、そこまで心配される理由がない。だとしたら。

(特別扱いされてるのは自分だけだと思ってた、とか……?)

考えて、信彦はふっと笑みをこぼす。黒川のような男が、そんな子供じみたことを考えるはずもないのに。

微《かす》かな笑みは夜道の薄暗さに紛《まぎ》れ、黒川に気づかれなかったらしい。黒川は信彦の方を見もせずに素っ気なく呟く。

「あんたの世話になってる俺が言うのもどうかと思うが、なんでもかんでも背負いこみ過ぎると倒れるぞ。適当なところで手を引け」

「……そうですね」

枝元のことを思えば苦笑いして頷くしかない。自分でも反省していたところだ。

「俺はもう帰るが、あんたは?」

「あ、俺も帰ります。駅は……こっちでいいんですよね?」

職場からさほど離れていないとはいえ、この界隈にはあまり足を踏み入れたことがない。駅があるだろう方向を自信なく指さすと、ついて来いとばかり黒川が歩き出した。ありがたく後をついていったが、黒川はすぐに大通りから脇道に逸《そ》れてしまう。

「あれ、こっちで合ってるんですか？」

「これが最短ルートだ。その代わりちょっとばかり治安の悪い道も通るぞ」

治安？　と首を傾《かし》げているうちに、細い道の両脇に飲食店が現れた。それはあっという間に数を増やし、庇《ひさし》の高さが違う飲み屋がごたごたと左右を埋め尽くし始めた。

平日だというのに、すでに道の端で泥酔《でいすい》している者がいる。明らかに客引きとわかる男もうろうろしていて、店の前には冬の寒さを無視した露出の高い女性の姿もあった。

「ここら辺は安酒で客をべろべろに酔わせちまおうって店が多い。中には質《たち》の悪いぼったくりの店もあるから気をつけろ」

黒川の言葉に相槌《あいづち》を打ちつつ、信彦は興味津々《しんしん》で辺りに目を走らせる。もう何年もこの界隈《かいわい》で働いているが、駅の近くにこんな通りがあるなんて知らなかった。

だみ声で歌いながら歩くサラリーマンや、道端にうずくまる学生たち。カップルは互いに体を支え合って蛇行《だこう》しながら歩いている。駅周辺は比較的しゃれた店が多いだけに、この街のもう一つの顔を見ているようで面白い。

「こうして歩いてるだけで楽しいですね」

「気をつけろよ。あんたみたいなのがカモられるんだ」

そんな話をしていたら、向かいから身長差のある二人組がやってきた。酔っているのか、腕を組んで互いの体を押しつけ合うようにふらふらと歩いている。通り過ぎるとき邪魔にならないよう道の脇に寄ろうとしたら、片方が「あ！」と大きな声を上げた。

「桜庭じゃーん！　ぐうぜーん！」

ニット帽をかぶった背の低い男が、酔っ払い特有の間延びした声を上げる。聞き覚えのある声に足を止めたら、相手が勢いよくニット帽を脱いだ。その下から現れた派手なピンクの髪を見て目を瞠《みは》る。飲み友達の相田《あいだ》だ。

思わぬ場所で思わぬ人物と遭遇してしまいとっさに逃げようとしたが、相田が信彦の首に腕をかけてくる方が早い。その隣にいる大柄な男性もかなり酔っているようで、相田を止めるでもなくニコニコと笑うばかりだ。

数歩前を歩いていた黒川が、足止めされている信彦に気づいて振り返った。信彦は冷や汗をかきつつ、相田の肩を何度も叩く。

「あ、相田……！　今ちょっと、仕事で……」

「マジかぁ、桜庭はちょっと働きすぎだなぁ。たまには遊べよ。ほら、こっち俺の彼氏」

相田が上機嫌で隣の男性を指さして、信彦はヒッと息を呑んだ。やけに密着していたのでもしやとは思ったが、やはりか。そうこうしている間に黒川が距離を詰めてきて、慌てて相田の腕をほどいた。

「なんだ、知り合いか？」

いよいよ隣に戻ってきた黒川に、違うと言うべきか友達だと紹介するべきか迷っていたら、相田が「あ！」と再び大声を上げた。

「その人、前に桜庭と一緒にいた人だ！　もしかして桜庭の彼氏？」

相田に人差し指を向けられた黒川が、拳銃でも突きつけられたような顔で目を見開く。信彦も顔色を失ったが、相田は場違いなほど陽気に笑って信彦の肩を叩いた。

「あのときはなんか揉《も》めてたみたいだったけど、痴話喧嘩《ちわげんか》かなんかだったんだっけ？」

酔いすぎて記憶が混濁《こんだく》しているのか、それとも黒川を他の誰かと勘違いしているのか、あの日の地獄めいた雰囲気などすっかり忘れた顔で相田は笑う。

「僕も恋人できたんだ！　今度桜庭も一緒にダブルデートしようよ！」

なおも笑いながら、相田が隣にいる男性の頬にキスをする。相手も相好《そうごう》を崩して相田の唇にキスを返したりするので、信彦はその場に膝をついてしまいそうになった。

十二月だというのに全身に汗が浮く。後ろにいる黒川を振り返るのが怖い。とにかく相田を止めるべく、震える声で相田を呼んだ。

「……相田、後ろにいるの、俺の担当してる利用者さん」

相田が酔って充血した目をこちらに向ける。そこでようやく信彦の顔色に気づいたらしい。遅れて信彦の言葉も理解したのか、弾《はじ》かれたように恋人から身を離した。

「えっ、あっ、そうなの!?　ご、ごめん、その……、あー！　ごめん！」

焦《あせ》って言い訳も思い浮かばなかったのか、相田は一声叫ぶと信彦と黒川に深く頭を下げ、一緒にいた恋人と足をもつれさせながら近くの路地に飛び込んでしまった。

あとに残されたのは顔面蒼白になった信彦と、先程から一声も発していない黒川だけだ。

(……どうしたらいいんだ、これは)

背後の黒川は一体どんな顔で自分を見ているのだろうと思うと、汗を吸ったシャツが凍りついていくような錯覚に襲われる。

自分がゲイだと知られてしまった。できることならごまかしたいが、アドバイザーと利用者は信頼関係が命だ。無用な嘘などつけば、黒川は二度と信彦に本音を明かしてくれないだろう。これはもう、覚悟を決めるしかない。

信彦はひとつ深呼吸をすると、ありったけの勇気をかき集めて黒川を振り返った。

「失礼しました。俺の友人が、急に……」

心臓が恐ろしく速く脈打って、声尻《こわじり》が震えてしまった。視線が逃げるように左右にぶれたが、意志の力で無理やり黒川へと向ける。

嫌悪で顔を歪《ゆが》めているのでは、と思ったが、黒川はいつもと変わらぬ無表情だった。その顔のまま、抑揚乏《よくようとぼ》しく言い放つ。

「俺はあんたの恋人に間違われたのか?」

直球の質問にぐっと声を詰まらせたものの、最後は観念して頷いた。

「……そうです。さっきの彼は俺の友達で、俺も、彼と同じ、ゲイです」

認めてしまった以上、黒川の担当は外されるだろう。最悪黒川から会社にクレームが行って転職、なんてことになるかもしれない。

最悪の状況を想定したら腹も決まって、信彦は黒川に向かって深々と頭を下げた。

「友人の勘違いで、黒川さんにはご不快な思いをさせてしまい申し訳ありませんでした」

「別に、あんたに謝ってもらうことじゃない」

「でも」

「謝ってもらわなきゃならないほど不愉快でもない。それよりそろそろ行かないか。さっきから酔っ払いに邪魔そうにされてるぞ」

言われてみれば、道の真ん中に立ち止まっている信彦を、千鳥足の酔っ払いたちが邪魔そうに避けて歩いている。

行くぞ、と促《うなが》す黒川の声は、相田たちと遭遇する前と変わらない。その真意がわからず、信彦はおっかなびっくり黒川の隣に並んだ。

黒川はジグザグと路地を歩きながら、前方に視線を向けたまま言う。

「前に、あんたの恋人について教えてもらったことがあったな。話を聞いてくれて、仕事に理解がある恋人、だったか。あれも男か？」

ゲイ友達でもない相手と、恋人の話などするのは初めてだ。言い淀《よど》んだものの、隠すのも今更だろうと頷いた。

「歴代の恋人は全員男性です。ただ、あのとき話したのは理想の相手であって、実際の恋人は真逆のことが多いですよ。つき合いも長く続きません」

黒川は視線だけこちらに向け「意外だな」と眉を上げた。

「あんたは一人の相手と長くつき合うもんだと思った」

「できるならそうしたいです。でも振られてばかりで」

「それも意外だ。あんたが振られるのか？」

嫌悪の表情もなく、けろりとした顔で会話を続ける黒川に面食らい、信彦は言わなくてもいいことまで口走ってしまう。

「どうしてか俺、詐欺師《さぎし》と間違えられるんです。プレゼントを用意したり、デートをセッティングしたりすると何か裏があるんじゃないかと疑われて。別れ際に『いつ怪しい壺《つぼ》の話を切り出されるか、怖かった』と言っていた恋人もいて……」

黒川の口から、ぶわっと白い息が漏れた。すぐに口元を押さえて顔を背《そむ》けられてしまったので表情はよく見えなかったが、どうやら噴き出されたらしい。

「わ、笑いごとじゃないんですよ。詐欺師じゃなければ、二股、三股も厭《いと》わない遊び人だって言われました。誰か一人で満足するようなタイプには見えないって。俺とつき合う人は、どうしてかみんな疑心暗鬼になるんです。俺が浮気してるんじゃないかって……」

恋人に振られ続けた日々を思い出したら、さすがに悄然《しょうぜん》とした声が漏れた。それに気づいたのか、黒川も笑いを収めて前を向く。

「まあ、あんたぐらい顔面偏差値が高ければな。恋人も気が気じゃないだろ」

どこか慰めを含んだ口調に、信彦は瞬《まばた》きを繰り返す。

黒川は異性愛者なのに、信彦を異物として扱わない。茶化すこともなければ無神経な質問もしない。これまでと変わらず言葉を交わしてくれる。

その事実は、信彦にとって衝撃だった。

雑居ビルの間を吹き渡る風は肌を切るほどに冷たいが、コートの下の、胸の辺りが温かい。頬まで火照《ほて》ってきてしまって、それを隠すように手の甲を顔に押しつける。

「俺みたいなゲイが結婚相談所にいるのは場違いかもしれませんが、俺は一生この仕事に関わっていきたいんです。自分は結婚できないからこそ、ますます……」

「憧れるか？」

信彦は頷く。買ってもらえない玩具《おもちゃ》を欲しがる子供のようだと自分でも思いながら。

「姉の結婚式が忘れられないんです」

六歳年の離れた姉が結婚したのは八年前、信彦が二十歳のときのことだ。

場所は都内の結婚式場。良く晴れた秋の日で、チャペルのステンドグラス越しに落ちる日差しが新郎新婦の後ろ姿を鮮《あざ》やかに彩《いろど》っていたのを思い出す。

式の後、秋空を背にチャペルから出てきた姉と義兄《あに》は幸せそうだった。信彦は他の列席者とともに花びらを二人に投げ、心の底から、いいなぁ、と思ったのだ。

これが私の選んだ人です、と友人や親族の前で胸を張って笑える姉が羨《うらや》ましかった。自分には決して叶わないことだろうから、なおさらだ。

「同性同士で結婚する、という前提がこの国にはないでしょう。パートナーシップ制度はありますが、やっぱり婚姻とは違います」

法的に認められていないだけで、正しくないわけではないと思うのに、自分たちは大多数の異性愛者の目から隠れ、こっそりと手を握り合うことしかできない。

お互いの心しかよりどころのない関係は閉塞感《へいそくかん》と心許《こころもと》なさがつきまとう。相手が手を離してしまったらそれっきりだ。

もしも相手を、家族や親友や職場の人間に紹介出来たら何か変わるのかもしれないが、周囲が受け入れてくれる保証はない。

「だから利用者さんと二人三脚で婚活するの、楽しいんです。退所後に結婚式の写真なんて送ってもらえると本当に嬉しくなります。幸せのお裾《すそ》分《わ》けをしてもらってるみたいで」

目尻を下げて喋《しゃべ》っていた信彦だが、昔の恋人から投げつけられた心無い言葉を思い出して目を伏せた。

「ゲイが結婚相談所にいるなんて滑稽《こっけい》だって笑う恋人もいましたけどね。いつか離婚するかもしれないのに、結婚したり、何百万円もかけて式を挙げたりするのはどうかしてるとも言われました。『お前だって本当は相談所に来る奴らのこと馬鹿にしてるんだろう?』なんて言われたときは、利用者さんまで馬鹿にされた気がして悔しかったです。でもときどきは、自分がアドバイスなんてしていいのかなって、迷うこともあります。だって俺、結婚できませんし」

笑い飛ばしたつもりが、なんだかやけに弱々しい笑い声しか出ない。俯《うつむ》くと、それまで黙って話を聞いていた黒川が口を開いた。

「あんたの結婚相談所はアドバイザーが全員既婚者なのか?」

「いえ、そういうわけでは……」

「だったらなんの問題もないだろう。未婚でもアドバイザーは勤まる。あんたが結婚相談所で働いてることだって何もおかしくない」

「でも俺は……」

異性愛者でもないのに、と続けようとしたら、黒川が突然足を止めた。つられて信彦も立ち止まる。振り返った黒川は、どこか怒ったような顔だ。

「あんたの恋人は、あんたが仕事をしているところを見たことがあるのか?」

「な、ないですね」

「だろうな」と吐き捨てるように言って、黒川はいつになく強い口調で続けた。

「一度でもあんたと客がやり取りしてる姿を見たことがあれば、あんたが相手を馬鹿にしてるなんて思うはずがない」

黒川はやっぱり怒ったような顔をしているが、どうやらその矛先《ほこさき》は信彦に向いているのではないらしい。

唖然《あぜん》とする信彦に構わず黒川は続ける。

「俺は他人の顔色を読んだり、諸々察したりするのは不得意だが、それでもあんたがプライベートの時間まで使って誰かのために駆け回ってるのはわかる。俺でさえわかるんだぞ。あんた、男を見る目がないんじゃないか？」

黒川は怒っている。過去の信彦の恋人たちに対して。

理解した途端、胸の奥で温められていたものが急に熱を増した気がした。それは見る間に温度を上げ、とっさにシャツの胸元を握りしめる。

突然処理速度が上がったパソコンみたいだ。モーターの代わりに心臓が忙《せわ》しなく動いて、排《は》気口《きこう》から排熱が漏れるようにワイシャツの襟元《えりもと》から上昇した体温が噴き出してくる。

結婚相談所に就職してからも、自分の性的指向に対する後ろめたさが消えなかった。利用者のために必死になるのは、その後ろめたさを消したいからではないかと思うこともあった。ゲイだとばれたら自分の仕事を認めてくれる人はいないだろうとも思っていたが、そんな思い込みを黒川は一蹴《いっしゅう》してくれたのだ。

吐き出す息が震えてしまう。相手が黒川だからなお嬉しい。少々無遠慮すぎるくらい思ったことを口にして、嘘や方便《ほうべん》を使いたがらない黒川だから、本当にそう思ってくれているのだろうと信じられる。

信彦は唇を引き結んで一つ頷いた。そんなふうに言ってくれてありがとうございます、と言いたいのに、言葉を胸に思い浮かべただけで息が乱れてしまって声が出ない。

黒川は信彦の返事を無理に聞こうとはせず、信彦に背を向け再び路地を歩き始める。

俯いてその後ろを歩きながら、信彦は胸の辺りで膨《ふく》らんだ熱を逃すような溜息を吐いた。

(ちゃんとお礼を言わないと)

駅につくまでにもう少し冷静にならないと。別れ際にきちんと礼が言えるだろうか。せめてもう少し時間があれば。

(もう少し、一緒にいられたら――)

熱っぽい息とともに本音が漏れて、危うく足を止めてしまいそうになった。

利用者に対してこんなことを思うのは初めてだ。この気持ちは一体なんだろう。考えながら歩いていたせいで、周囲から喧騒《けんそう》が引いているのにしばらく気づかなかった。

足元が暗くなったことに気づいたときにはもう飲食店が並ぶ通りを抜け、暗い夜道にマンガ喫茶やカラオケ店、雑居ビルなどが点々と並ぶ道を歩いていた。駅前ではなさそうだ。

「黒川さん、駅に向かってたんじゃ……?」

声をかけてみたが黒川は振り返らず、ビルとビルの間に伸びる細い道を進んでいく。一体どこに行くつもりかと思っていたら、小さなグラウンドのような場所に出た。

一瞬コインパーキングにも見えたが、輪留めも精算機もない。代わりに隅にベンチがある。奥にはプラスチックでできた小さな藤棚《ふじだな》があり、その下に水道とゴミ箱が置かれていた。遊具《ゆうぐ》の類は一切ないが、公園だろうか。

「……ここ、公園ですか？　空き地？」

「一応公園だ。昼間は子供よりオッサンがたむろしてることが多いが」

言うだけ言って黒川は公園に入っていく。夜も遅いせいか園内に人影はなく、二人して藤棚の近くに置かれたベンチに腰を下ろした。

「帰る前に、ちょっと一服していいか」

黒川はジャケットの内側を探って煙草と携帯灰皿を取り出す。早速《さっそく》煙草をくわえた黒川の横顔を見詰め、信彦は小さく呟いた。

「公園って、禁煙じゃないんですか？」

「見逃してくれ」

ライターに火が灯《とも》って、暗がりの中に黒川の横顔が浮かび上がる。一瞬見えた端整な横顔は、ライターの蓋《ふた》を閉める音とともに消え、鼻先を煙草の匂いが掠《かす》めた。

煙を吐く黒川の息遣いを感じながら、この人は本当に煙草が吸いたかったのだろうか、と信彦は思う。

黒川とは何度か相談所の外でも会っているが、喫煙可能な喫茶店でも、黒川の実家に行ったときでさえ、黒川は煙草を吸おうとしなかった。プロフィールを読む限り日常的に喫煙しているようだったのに、シガーバーに寄ったあの一度を除いて、信彦の前で黒川が煙草を取り出したことはない。

他人と一緒にいるときは喫煙を我慢できる人なのだ。それなのに、こうして信彦の横で煙草なんて吸っているのはなぜだろう。

（……俺につき合ってくれたのかな）

気持ちの整理がつかず俯いていた信彦の異変に気づいてくれたのだろうか。それでわざわざ、まるで自分自身が公園に用があるように振る舞って時間を作ってくれたのか。

（相手の顔色、ちゃんと読めてるじゃないか）

ふっと口元が緩《ゆる》んだ。信彦を案じるような言葉こそないが、こうして隣に座っているのが心配してくれている何よりの証拠だ。

暗がりの中で、黒川の煙草の先が赤く明滅《めいめつ》する。それを眺めていたら、熱暴走していた胸の内がゆっくりと鎮《しず》まってきた。

黒川の呼吸に合わせるように自分も深呼吸をして、信彦はそっと声を出した。

「さっきは、俺の仕事振りを良く言ってくださって、ありがとうございました」

幸い声は震えなかった。続く言葉も普段と差がないよう、用心しながら続ける。

「でも俺もまだアドバイザーとしては未熟ですから。あれこれアドバイスしておいて今更ですけど、間違ってるとか納得できないと思ったら、無理に従わなくていいですからね」

「そこは『なんとしてでも実践しろ』なんて発破《はっぱ》をかけるところなんじゃないか？」

黒川の低い声は耳に心地いい。不思議と心が無防備になっていく。黒川の指先に挟まれた煙草を見詰め、信彦は苦い笑みを漏らした。

「前、黒川さんに『ちゃんと家族と話をした方がいい』って言ったじゃないですか。でも、自分が実践できないことをやれと言うのもちょっと卑怯《ひきょう》かな、と思って」

「あんたは家族と話をしないのか？　てっきり家族仲はよさそうに聞こえたが」

「仲はいい方だと思うんですが……」

口にしようとした内容はあまりにもプライベートで、続けるべきか少し迷った。

黒川は何も言わない。だが、煙草に口をつけるより指先で挟んでいる時間の方が長いその態度こそが、言葉より雄弁《ゆうべん》に先を促しているようにも感じられ、思い切って口を開く。

「俺、高校生のとき自分はゲイなんじゃないかって自覚したんです。そのとき、家族に対してなんだか……申し訳ないような気持ちになりました」

結婚して子供を産んだ祖父母と両親。結婚を前提に義兄とつき合っていた姉。そんな家族に囲まれていると、自分だけ普通でないことが浮き彫《ぼ》りになってしまう気がした。

どうして自分はみんなと同じようになれなかったのだろう。その思いは友人と猥談《わいだん》をしているときより、家族と雑談をしているときの方が一層強く胸に迫《せま》った。こういうごく当たり前の家庭を、きっと自分は築《きず》けない。

「姉の結婚式を見たとき、つくづく思ったんです。俺は恋人を家族に紹介しても、祝福してもらう以前に理解してもらうことが難しいんだろうなって。祖母は昔ながらの人だから泣くかもしれないし、両親も真面目だから悩んでしまうかもしれません。姉からは……殴られるかもしれませんね。家族の誰より厳しい人だから」

どうであれ、家族は信彦の扱いに悩んで持て余してしまうだろう。そう思うと、この先一生カミングアウトなどできそうもない。

「実家に帰ると、やっぱり言われるんです。そろそろいい人は見つかったか、なんてことを。でも男の恋人がいるなんて言ったらきっと家族は動揺します。だから中途半端に嘘をつくしかなくて、それがまた心苦しくて……」

風が吹いて、黒川の持つ煙草の先が赤く光る。風の動きに合わせて明滅する煙草の火を見ていると、焚火《たきび》に薪《まき》をくべているような気分になった。

恋愛が花火なら、結婚は焚火。薪の役割を担《にな》うものが会話だと黒川に教えたのは自分なのに、たった今その意味を理解した気分だ。思えば自分は、過去の恋人たちにすら、こんなふうに胸の内を打ち明けたことがない。

いつの間にかすっかり短くなった煙草を、黒川が携帯灰皿に押しつける。二本目の煙草をくわえてライターを探しながら「俺には理解できない感覚だな」とくぐもった声で黒川は言った。

「俺の祖父や父親なら、俺がどういう性癖だろうと気にも留めないはずだ。俺だって、身内に何を思われたところでなんとも思わん。後ろめたさなんて皆無《かいむ》だ」

淡々とした口調ながら確信を込めた声で言い切り、黒川は煙草に火をつける。

「あんたが家族にどう思われるのかをひどく気にするのは、それだけあんたが家族を大事にしてるからだろうな」

そうかもしれない。もしも家族と不仲だったら、敢えて隠し事などしなかったかもしれない。カミングアウトして、それで縁が切れても清々《せいせい》して終わりだったのではないか。

家族から拒絶されるのが怖いのは、それだけ家族に対して愛着がある証拠だ。

「ひとつ疑問がある」

黒川は自身の顔の横で軽く煙草を振り、信彦の視線を自分に向けさせてから言った。

「あんたがそれほど大事にしている家族が、性癖ひとつであんたを冷遇《れいぐう》するのか？」

こちらを見る黒川の目はまっすぐで、互いの視線がかち合った瞬間、空中に静電気でも走ったような錯覚に襲われた。

「前にあんた、いろんな方向から相手を理解する努力をしろって言ってたな。その考えは家族から教わったものだろう。ならあんたの家族だって、あんたのことをいろんな方向から理解しようとしてくれるんじゃないか？」

風が吹いて煙草の煙を遠くへ吹き飛ばす。

がらんとした公園は薄暗く、視界を占めるのは隣にいる黒川ばかりなのに、なぜか実家の縁《えん》側《がわ》にいるような気分になった。信彦が些細《ささい》なことで落ち込んでいると、必ず誰かが隣に座ってくれたあの縁側だ。それぞれ違う励《はげ》まし方をしてくれた家族の姿を思い出し、冬の冷気が鼻の奥につんと沁《し》みる。

「……だったらいいな、と、思います」

また声が震えてしまった。脆《もろ》い心を隠せない。黒川の前だとどうしてか、家族にすら晒《さら》せなかった弱音が出てしまう。

さすがに気恥ずかしくなってきて、信彦は己を奮《ふる》い立たせ無理やり話題を変えた。

「あの、今回の件なのですが、もしも黒川さんにご不安などありましたら担当者を変更しますので……」

「なんでだ?」

間髪を容《い》れず質問が飛んできて言葉を切る。見れば黒川は本気で不可解そうな顔をしていて、信彦の方がうろたえた。

「それは、その……俺はゲイですし、ご不快に思うこともあるかと……」

「ないだろ。あんたが有能なのは理解してる。このままでいい」

当然のごとく言い放たれて、信彦は何度も目を瞬《しばたた》かせた。呆気《あっけ》にとられたその顔を見て、黒

川はなんだとばかり眉を上げる。

「そんな顔をするくらいなら、どうして俺に本当のことを言った？　酔っ払いに絡《から》まれたとかなんとかごまかすこともできただろう」

「それは、考えなかったわけでもないですが、でも、嘘はつきたくなかったので」

「俺が周りに吹聴《ふいちょう》するかもしれないのに？」

「黒川さんだったらそんなことしないでしょう？」

なんとなく、黒川なら意味もなく他人を窮地《きゅうち》に追い詰めるような真似はしないのではないかと思った。それはほとんど勘でしかないが、外れてなかったみたいですね、と信彦は胸を張る。

「ヤクザみたいな見てくれの俺を、随分と買い被《かぶ》ってくれたもんだな」

「ヤクザっぽいのは見た目だけですから」

遠慮なく言い返すと、黒川の口から白い息が漏れた。

「こっちが堅気《かたぎ》だって言い張ってもマッチング相手は誰も信じてくれなかったが……あんただけは信じてくれたか」

黒川の目元に笑い皺《じわ》が寄って息を呑んだ。こんなにもはっきりとした黒川の笑顔を見るのは初めてで、目を奪われる。

「どうした」

目元に笑みを含ませたまま尋ねられ、信彦は慌てて黒川から目を逸《そ》らした。

「あ、あの、では、今後も俺が担当を続けさせていただくとして、実際のところ、どうですか？　結婚願望とか、湧いてきました？」

「……それは正直よくわからんな」

動揺甚《はなは》だしい信彦の横で、黒川はのんびりと顎《あご》を撫でる。

「結婚に乗り気でないなら、ご家族にそうお伝えした方がいいのでは？」

家族と言われた途端、黒川はぴたりと口を閉ざしてしまう。柔らかな笑みも一瞬で消え、横顔は拒絶を示すように硬い。黒川にとって家族に反論することは、信彦が思う以上に難しいらしい。

深入りすべきではないだろうか。迷ったが、やっぱり黙っていることはできなかった。

「相手の意見に異を唱《とな》えることと、相手自身を否定することは別物ですよ？」

結婚相談所にやってくる利用者の中にも、たまにそういう勘違いをする者がいる。相手に嫌われたくなくて、なんでも相手の意見を受け入れてしまう。最初は上手くいくかもしれないが、そのうち無理が生じてくる。

「嫌なことは嫌って言っていいと思います。むしろ長く一緒にいるためには必要なことです。黒川さんだって、今回の件に限らず家族のやることに納得いかない気分になったことくらいあるでしょう？」

黒川は何も言わない。沈黙の間も煙草の灰は伸び、短くなった煙草が携帯灰皿でもみ消された。

黒川の眉間には深い皺が寄っている。さすがに気分を害したか。それとも何か思案しているのか。薄暗い公園では判断がつかずその横顔を注視していたら、黒川が三本目の煙草を取り出した。それをくわえながら眉を開いたのを見て、信彦の言葉に応《こた》えて何か考えてくれていたのだな、と理解する。

「――ガキの頃、うちの会社の下請《したう》けをやってた社長が実家まで来たことがある」

煙を吐きながら、黒川は淡々と喋り始める。信彦はその声に、静かに耳を傾ける。

黒川がまだ小学生だった頃、帰宅したら珍しく玄関の戸が薄く開いていた。そっと中を覗いてみたら、下請け会社の社長が三和土《たたき》で土下座をしていたそうだ。正面の上がり框《かまち》には、そんな社長を見下ろす黒川の父がいた。玄関先の三和土に額《ぬか》ずき「まだ子供が小さいんです！　仕事は切らないでください！」と懇願《こんがん》する社長を、黒川の父親は同情の欠片《かけら》もない冷淡な目で見ていたらしい。

会社経営と慈善事業は違う。多くの従業員を抱える企業のトップともなれば、ある程度の非情さは必要だ。とはいえ、いい大人が土下座までしているのに父親は眉一つ動かさず、仕事を打ち切るという決定も覆《くつがえ》さなかった。

「子供心に、あれはひどいと思ったな……」

夜に響く黒川の声が頼りなくてどきりとする。

語ることは、胸の内にある生の感情を加工して他人に差し出すことだ。これまで誰にも打ち明けたことのない過去を言葉にしながら、黒川は当時の感情を生々しく思い出しているのかもしれない。

火のついた煙草を指先で弄《もてあそ》び、黒川はふっと唇を歪めるようにして笑った。

「父にこんな話をしたら、甘いことを、と鼻で笑われるだろうが」

「俺はいいと思います！」

勢い言葉尻を奪ったら、夜の公園に意外なほど大きく自分の声が響いた。驚いたようにこちらを向いた黒川に、信彦は早口でまくしたてる。

「自分なりの経営理念を持つことは大事です。甘くて上等じゃないですか。情にほだされるのも情に訴えるのも立派な戦略のひとつです。それに、今日黒川さんはお父さんのやり方に異を唱えました。それを言葉にできただけで、十分前進したと思います」

熱弁《ねつべん》を振るう信彦を見て、黒川が口元に微苦笑を浮かべる。

「大げさだな」

「いいえ、お祝いしたいくらいですよ」

言いながら、信彦は力強く拳《こぶし》を作った。

「婚活も、まずは精一杯やってみましょう。それでどうしても結婚は性《しょう》に合わないと思ったら、ご家族に素直にそう伝えていいと思います。もちろん、お相手が見つかるよう俺も誠心誠意お手伝いさせていただきますが」

腕によりをかけますから、とコートの袖《そで》をまくると、真正面から快活《かいかつ》な笑い声が響いてきて耳を疑った。

あの黒川が、声を立てて笑っている。

「ああ、よろしく頼む」

先程よりもさらにはっきりした笑みに、不覚にも息を呑んでしまった。動揺を隠そうと「お任せください！」と強く胸を叩く。

黒川は笑いながら煙草を吸っている。夜の公園に赤い火が灯って、本当に焚火を囲んで喋っているようだと思った。黒川に向けた頬が、火に当てられたように熱い。

頬だけではない。ビルとビルの隙間を吹き抜ける風は震えるほど冷たいのに、コートの下に熱がこもっていく。

これは一体なんだろう。自分でも不思議に思い、煙草を吸う黒川を横目で盗み見た。

煙草はもうかなり短くなっている。

でもあと少し。もう少し。なんの弾《はず》みで黒川が煙草を消してしまうかわからないから、うかつに口を開くこともできない。

黒川が携帯灰皿に煙草を押しつけるまでの間、信彦はその唇の先に灯る赤い火を見詰めて動けなかった。

十二月も半《なか》ば近い日曜日。信彦《のぶひこ》は午後に控えた黒川《くろかわ》との面談に備え、黒川とのマッチングを希望する女性たちの資料を事務所で睨《にら》んでいた。未《いま》だ二回目のデートには進めていない黒川だが、年齢、年収、結婚歴など、プロフィールだけは申し分ないので黒川へのマッチング希望は案外多い。

プロフィールに目を通す信彦の顔は真剣だ。この中に、自分の担当する利用者とめでたく成《せい》婚《こん》に至る相手がいるかもしれないのだから。

いつもならわくわくする作業なのだが、今回は資料をめくるたびに焦燥感《しょうそうかん》で胸が焼けつく気がする。黒川は成婚までの期限を設定しているわけでもないし、焦る必要などないはずなのに、なかなか相手を絞《しぼ》れない。

いつもならこれほど迷うこともないのだが。先週の水曜に黒川と公園で話し込んでからというもの、どうも調子が悪い。折に触れて黒川のことを考えてしまう。それでいて、黒川に関する仕事は遅々《ちち》として進まない。

そうこうしているうちに面談の時間になり、面談室で黒川を迎えた。

「よろしくお願いします」と声をかけて席に着く。すでに面談も五回目だが、なんだか今日は向かいに座る黒川の顔が直視できない。仕事のことや恋人のことなど、こんなにも本心を詳《つまび》らかにした相手は初めてだからだろうか。けれど黒川の様子はこれまでと変わらず、自分ばかり意識しているようなのが気恥ずかしくて、気持ちを切り替えて用意しておいた資料を出した。

「今回は、こちらの方々から黒川さんにマッチング希望が出ています」

差し出したのは五人分のプロフィールだ。

黒川はいつも、あまり興味もなさそうな顔で資料を眺め、「どの相手が一番どうにかなりそうだ？」などと情緒の欠片《かけら》もないことを尋ねてくる。今回もそうなるだろうと思っていたら、無感動に資料を眺めていた黒川の目が止まった。テーブルに手を伸ばし、他の資料をかき分けるようにして一枚のプロフィールを掴み上げる。

かつてない反応に驚いて、声をかけるのも忘れ黒川の行動を見守ってしまった。

黒川が手にしたのは、医療事務として働く三十代の女性のプロフィールだ。緩《ゆる》くウェーブのかかった髪を後ろでひとつに束ね、少しだけ緊張したような顔で笑っている。線が細く、優しげで、どこか儚《はかな》い印象だ。

資料を見詰め、黒川は掠《かす》れた声で呟く。

「藤峰《ふじみね》」

資料の名前を読み上げたというより、そこに貼られた写真に向かって呼びかけるような口調にどきりとした。

「……お知り合いですか？」

黒川は資料をテーブルに戻すと、藤峰の写真から目を逸らさないまま頷いた。

「同級生だ」

「それは、凄《すご》い偶然ですね」

ならば驚くのも納得だが、それにしても黒川の反応が普通でない。目の前にいる信彦の存在すら忘れているかのようだ。

さすがに何事かと声をかけると、ようやく黒川も我に返ったような顔でこちらを見た。

「いや、前にあんたと、理想の女の話をしただろう。薄幸《はっこう》そうな女にぐっとくるって」

「しましたね。昔そういう女性を追いかけて、でも手を取ってもらえなかったと……」

「こいつだ」

黒川が藤峰の資料の端を指で押さえる。万が一にもどこかに逃げて行かないよう、そこに縫《ぬ》い留めるかのように。

執着めいたものを思わせる仕草に、どうしてか息が止まった。

黒川は藤峰の資料から顔も上げずに言う。

「彼女と見合いをさせてくれ。他の女は全部断ってくれて構わない」

黒川がこんなにも前のめりになるのは初めてだ。喜ばしいことなのに声が出ない。心臓が不具合でも起こしたかのように不規則な鼓動を刻《きざ》んで、息が苦しい。

黒川はまだ藤峰の資料を見ている。結婚歴や勤め先、収入などをつぶさにチェックしているようだ。

（本気なんだ）

理解は遅れてやってくる。

黒川は、初恋の相手と再会したのだ。それも当時は叶わなかった恋だ。熱心になるに決まっている。

よかった。

そう思うべき展開なのに、胸に浮かんだのは喜びや安堵とはかけ離れた言葉だった。

（──どうしよう）

午前中、黒川とのマッチング相手を選んでいたときと同じ焦燥が胸を焼く。何か言おうとするが言葉が頭に浮かばない。

「見合いで断られるのは避けたいな。一回目のデートには絶対に行きたい。どういう会話をしたら間違いがないと思う？」

黒川が顔を上げる。お任せください、と笑おうとしたのに、口元が引きつった。

（あ、どうしよう、俺──……）

これまで無意識に直視を避けていた本音に指がかかる。書棚から本を引き抜くように、重たい気持ちがどさりと落ちてくると思ったその瞬間、ジャケットに入れていた携帯電話が振動《しんどう》した。

危うい所で我に返り、信彦は慌てて携帯電話を取り出した。その瞬間は天の助けと思ったが、ディスプレイに表示された名前を見て眉を寄せる。枝元《えだもと》からの電話だ。

最近は枝元と、社用の携帯電話でしかやり取りをしていない。おかげで休日や業務時間外の連絡はなくなったが、代わりに営業時間中に頻繁《ひんぱん》に連絡が来るようになった。

「だって営業中じゃないと桜庭《さくらば》さん電話に出てくれないじゃないですか」なんて悪びれもせず、枝元は日に三度も四度も電話をしてくる。メールの回数はもっと多い。

今は黒川との面談中なので携帯電話をポケットに戻したが、一向に着信は止まらない。うっかり大きな溜息をついてしまい、黒川に意外そうな顔を向けられた。

「利用者からか？　そんな溜息つくなんて、よっぽど面倒な相手なのか」

「いえ、そんなまさか――」

黒川にじっと目を覗き込まれ、中途半端に言葉が途切れた。意思に反して目が泳ぐ。

無言でうろたえる信彦を見て、黒川はふっと口元に笑みを浮かべた。

「あんた嘘が下手だな。俺にばれるぐらいだからよっぽどだぞ。で、まだ鳴ってるがいいのか？　出てもいいぞ」

「出ませんよ、今は黒川さんの面談中です」

「構わない。その代わりここで出ろ」

黒川は唇の端を持ち上げているが、目が笑っていなかった。いつまでもやまない電話に苛《いら》立《だ》っているのかもしれず、これでは面談にも集中できない。

「出ろ」ともう一度促《うなが》され、信彦は迷いながらも電話に出た。途端に枝元の『桜庭さん、出るの遅いですよ！』という声が耳に飛び込んでくる。

「すみません、今面談中で……折り返します」

『そうなんですか？　桜庭さんいつも本当に忙しいですよね。お昼休みに電話したときもすぐ切られちゃうし』

「他にも仕事がありまして……すみません、本当に後で折り返しますから」

『なら、電話じゃなくて直接会いません？　あ、桜庭さんの家の最寄り駅で待ち合わせてもいいですよ。そうしたら桜庭さんもすぐに帰れるでしょう？』

面談中だと言っているのに、枝元は一向に話を切り上げようとしない。その上声が大きいので、スピーカーモードにしているわけでもないのに黒川にまで声が届いているようだ。

プライバシーの問題もあるので椅子から腰を浮かせようとしたら、向かいから黒川の手が伸びてきて手首を摑まれた。

がっしりとした大きな手と、指先の強さにドキッとして動きが止まった。硬直する信彦の前で黒川はゆっくりと立ち上がり、テーブル越しに身を乗り出してくる。

張り出した喉元が眼前に迫《せま》って息が止まった。急に音量を上げた心臓の鼓動が、電話の向こうから響く枝元の声を押しのける。思わず携帯電話を握りしめたとき、黒川が地鳴りのような低い声で言った。

「まだ電話が終わらねぇのか。こっちは事前に面談の予約を取ってるんだぞ」

不機嫌を煮詰めたようなドスの利《き》いた声は、わざと枝元に聞かせているのだろう。やかましく続いていた枝元の声がぴたりとやんだ。

『あ、じゃあ、後で折り返して下さいね』

口早に言って枝元が電話を切る。だが、信彦は携帯電話を耳に当てたまま動けない。手首を摑む手が離れ、向かいに黒川が座り直すまで息すら吐けなかった。心臓が忙《せわ》しなく脈打って痛いくらいだ。

黒川は不機嫌そうな顔で腕を組むと、信彦の持つ携帯電話を軽く睨んだ。

「今の利用者、あんたの家の最寄り駅まで知ってんのか？　まさか自分で教えたのか」

信彦は詰めていた息を吐き、直前の動揺を押し隠して笑った。

「教えたというか、話の接《つ》ぎ穂《ほ》でなんとなくそんな話題になって……」

「普段からよっぽど親しくしてるのか？」

「いえ、ごく普通の利用者さんです」

「俺だってごく普通の利用者だが、あんたの家の最寄り駅なんて知らんぞ」

その声に、どこか拗《す》ねたような響きが混ざっている気がして驚いた。いやまさか、と黒川の顔を見返せば、ばつの悪そうな顔で目を逸《そ》らされる。意外と子供みたいなことを気にするのだなと思ったら堪《こら》えきれず、信彦は小さく噴き出した。

「秋久保《あきくぼ》駅です。自宅の最寄り駅」

笑いながら使い慣れた駅の名を口にすると、黒川がぎょっとしたような顔でこちらを見た。

「個人情報をそう簡単に他人に教えるな」

「黒川さんだったら構いません」

信彦の返答を耳にするや、黒川がふつりと言葉を切った。探るような目を向けられ、思わず背筋を伸ばす。何かおかしなことでも言ってしまっただろうか。

落ち着きなく視線を揺らす信彦を見て、黒川が押し殺した溜息をついた。

「なあ、あんまり利用者に対して優しすぎると、勘違いされるぞ」

「勘違い、というと？」

黒川は言いにくそうに口ごもってから、少しだけ声を小さくした。

「自分に気があるんじゃないか、とか」

やけに深刻な顔でぼそぼそと呟く黒川を見て、信彦は納得すると同時に苦笑いを漏らす。

「確かに、女性の利用者さんを担当していたときはそういうことが何度か……」

「やっぱりそうじゃねぇか」

「でも今は男性の利用者さんしか担当していませんから」

「わからないだろう。少なくともさっき電話してきた奴はちょっとおかしいぞ」

信彦は目を伏せ、ゆっくりと首を横に振る。

「あり得ませんよ。相手は結婚相手を探しにここにきているんですから」

求める相手は異性ということだ。だから勘違いなどするわけがない。

――黒川さんだってそんな勘違いしないでしょう？

冗談めかしてそう言おうとしたが、喉の下あたりで心臓が大きく膨《ふく》らんだようになって声が出なかった。限界まで空気を入れたゴム風船のように心臓が引き伸ばされて痛い。千切れそうだ。

わかりきったことを口にしようとしただけで、泣きたくなるほど胸が痛んだ。変えようのない事実に打ちのめされる。

駄目だ、と思ったが遅かった。一度は目を背《そむ》けた本心に、今度こそ焦点《しょうてん》が合ってしまう。

(俺、黒川さんのことが好きだ)

できることなら自覚なんてしたくなかった。結婚相談所に通ってくる相手を好きになるなんて、報《むく》われないにも程がある。

信彦は感情と表情を無理やり切り離し、笑顔で黒川の前に藤峰の資料を差し出す。

「中断してしまって申し訳ありません。改めて、お見合いの対策を立てましょうか」

俄《にわ》かに黒川の顔が引き締まり「頼む」と頭を下げられた。

本当に報われない。

報われなくても、これが仕事だ。

「はい、お任せください」

本心はどうあれ力強い返事ができた自分に、ほんの少しだけほっとした。


黒川との面談が終わった後、信彦はすぐに藤峰の担当者に声をかけ、藤峰がこれまでどんな相手とマッチングやデートをして、どんな理由で成婚に至らなかったかを綿密《めんみつ》にリサーチした。

双方の初顔合わせとなる見合いは黒川の面談の四日後で、あまり時間はなかったものの、事前の入念な準備が功を奏したのか、はたまた同級生という気安さが背を押してくれたのか、見合いの翌日には藤峰から『一回目のデートに進みたい』という旨《むね》の連絡が来た。

デートは三日後とさらに時間がない。信彦は早速《さっそく》黒川を相談所に呼び出しデートに備えたプランを練った。デートコースを細かく設定して、これまでの総ざらいをするようにどんなエスコートをするか黒川に叩き込む。

黒川も熱心に信彦の言葉に耳を傾けてくれた。これまでのような雑談を差し挟む余地すらなかったくらいだ。

そうして迎えた日曜日。黒川と藤峰の一回目のデートが行われるその日、信彦はずっしりと重たい体を引きずるようにして出社した。

この一週間、黒川も必死だったろうが信彦もまた必死だった。ようやく黒川が本気で婚活を始めたと思ったその矢先に、黒川への恋心に気づいてしまったのだ。

好きな相手が他の相手と結ばれる手助けなどしたくない。そんな本心をねじ伏せるべく、脇目もふらずに動き続けた。

他の利用者の仕事にも明け暮れ、食事も睡眠もぎりぎりまで削《けず》っていたせいでひどくだるい。でも、そうでもしなければ黒川への慕情《ぼじょう》を鈍化《どんか》させることができなかった。

なんとか午前中の業務を終え、のろのろと事務所へ戻って一息つく。

(黒川さんのデート、上手くいくといいな)

胸の中で呟いてみたが、我ながら白々《しらじら》しくて苦笑が漏れた。黒川の前ではなんとか取り繕《つくろ》えたが、心の中までは上手に嘘がつけない。

本当は、いつものように一回目のデートで終わってくれればいいと思っている。こんなのアドバイザー失格だ。

昼休みだというのに食事を取るのも忘れてぼんやりしていたら、携帯電話に枝元から着信があった。

枝元とはなるべく距離をおきたいのだが、頻々《ひんぴん》と電話がかかってくるのは相変わらずだ。業務中にうっかり電話を取り逃すと「桜庭さん、僕のことなんてどうでもいいと思ってるんでしょう」なんて恨みがましい電話が後からかかってくるので参ってしまう。

電話に出ながら、所長の田端《たばた》に相談すべきか、と思案する。自分の応対がまずかったことを田端に報告して、担当を変更してもらうのが最善と思われた。

今はなすすべもなく、とりとめのない枝元の話に相槌《あいづち》を打ち、やっと電話を切ったときにはすっかり休み時間が終わっていた。

溜息を押し殺して事務所を出て、一階ロビーのカウンターへ向かった。夕方まではここで受付業務を行う予定だ。

カウンター裏に置かれた椅子に腰かけた途端、こめかみの辺りがずきずきと脈打ち始めた。睡眠不足のせいか頭が痛い。ロビーに利用者が入ってきたのを見て無理やり笑顔を作ったが、時間が経つにつれて痛みは激しさを増していく。額に脂汗まで滲《にじ》んできて、他のスタッフにフォローを頼むべきか迷い始めた頃、ロビーに背の高い男性が入ってきた。

あの相手の応対をしたら、いったんバックヤードに戻ろう。そう思いながら男性に目を向け、信彦は目を見開いた。

黒いコートに黒いスーツ。見慣れた出《い》で立《た》ちでこちらに近づいてくるのは、黒川だ。

とっさに腕時計に目を落とす。時刻は十五時を少し過ぎたところだ。藤峰との待ち合わせまで、もう一時間を切っている。

「黒川さん、何かトラブルでも……？」

信彦は椅子から立って緊迫した表情で尋ねるが、カウンターの前までやってきた黒川は、いや、とのんびりした口調で言う。

「デートの前に、最後の講義でも聞いておくべきかと思って寄っただけだ」

「そんな、今更助言することなんて……」

せめて事前に連絡をくれれば心構えもできたのに、不意打ちでは上手く笑えない。黒川の顔を直視できずその胸元に視線を滑らせた信彦は、黒川のつけたネクタイが青と緑の中間のような美しい色味を帯びていることに気づいて目を瞠《みは》った。

喪服《もふく》のようなスーツとネクタイを選びがちな黒川に、信彦はこれまで何度も「デートのときくらい明るい色を」とアドバイスしてきた。それでもなかなか改善しなかったのに、藤峰のためならばこんなにもがらりと身に着けるものを変えられるのか。

最後の講義、という言葉は、冗談でもなんでもないのかもしれない。

結婚に今一つ乗り気でなかった黒川が、ようやく本気になったのだ。良かった。そう思うのに、地面が波立つように歪《ゆが》む。視界が回って、体を支えていられない。

「おい、どうした！」

黒川の声が遠い。目を見開いても視界に白い靄《もや》がかかったようでよく見えない。自分の体の輪郭《りんかく》が曖昧《あいまい》になり、気がついたらカウンターの裏で膝をついていた。

ロビーに黒川以外の利用者がいなかったのは幸いだが、カウンターの内側にも信彦以外のスタッフがいない。内線で誰か呼ぼうにも、立ち上がろうとするとまた視界が揺れる。

床に膝をついたまま何度も目を瞬《しばたた》かせていたら、「大丈夫か！」と黒川がカウンターの裏側に入ってきた。

「貧血か？　真っ青だぞ」

黒川は自分もその場にしゃがみ込み、信彦の背中に手を添える。それしきのことで息が震えそうになって、小さく首を横に振った。

「大丈夫です……少し、眩暈《めまい》がしただけで。それより黒川さんはもう行かないと、待ち合わせに遅れます」

「そんなこと言ってる場合か。ほら、肩を貸すぞ。立ち上がれるか？」

「本当に、大丈夫ですから。初めてのデートに遅れるわけにはいかないでしょう」

「多少遅れるくらいどうってことない。それにあいつなら、事情を話せばわかってくれる」

あいつ、という言葉に、ぐっと胸が詰まった。ほんの一時間足らずの見合いをしただけだというのに、すでに親密さが漂《ただよ》う呼び方だ。

鼻の奥がツンと痛んで、我ながら驚いた。体調不良も相まって感情が波立ちやすくなっている。

「おい、大丈夫か。救急車呼ぶか？」

黒川の声があまりにも心配そうだから、うっかり、本当にうっかり、ここで自分が引きとめたら黒川はデートに行かないでいてくれるだろうか、なんて愚《ぐ》にもつかないことを考えてしまった。待ち合わせに遅れたら、藤峰とのマッチングも失敗するかもしれない。

もしも本当にそうなってくれたら――、そんな考えが頭を過《よぎ》った、次の瞬間だった。

『嘘ついてどうすんの、どうせバレるのに！』

耳の奥で威勢のいい声が弾《はじ》け、信彦は横《よこ》っ面《つら》を張られた気分で目を見開いた。

突如耳の奥で蘇《よみがえ》ったのは、幼い頃の姉の声だ。喧嘩をしたときにでも聞いた言葉だろうか。

思い出せぬうちにまた別の声が蘇る。

『他人の不幸を願っちゃ駄目だよ。自分まで不幸になるからね』

『後から自分自身を振り返ったとき、恥ずかしくない行いをしなさい』

柔らかな声は母のものだ。続いた言葉は父のものか。祖父だったかもしれない。

もう覚えていない。いつ、誰が、どんな状況で口にしたのかもわからない。でも確かに家族から向けられた言葉が一陣《いちじん》の風のように信彦の中を吹き抜け、直前まで胸の内に渦巻《うずま》いていた薄暗い考えを蹴散《けち》らしたのだけはわかった。

目が覚めたような気分で何度も目を瞬かせ、信彦は腕時計に目を落とした。本当に、そろそろ出ないとデートに間に合わない。

「黒川さん、もう大丈夫ですから」

「とてもそうは見えん」

黒川は断固譲《ゆず》らぬ様子で信彦の腕を引く。ならばと信彦も立ち上がるが、膝が震えて上手くいかない。なんとか椅子に座り、すぐに内線で事務所に連絡を入れたが間の悪いことに誰も出なかった。

「……しばらく座っていれば問題ないので、もう行ってくださって大丈夫ですよ」

信彦は受話器を置いて無理やり笑顔を作ったが、黒川の顔は険《けわ》しいままだ。

「誰か来るまでここにいる」

「遅刻します」

「構わん。あんたにはさんざん世話になったんだ。放っておけるわけないだろう」

感謝してるんだ、と黒川に言われ、水に墨《すみ》を一滴落としたような、うっすらとした罪悪感が胸に広がった。

この一週間、黒川のために奔走《ほんそう》したのはアドバイザーとしての本分からだろうか。黒川によく思われたいという気持ちも、少しはあったのではないか。

それを伝えたら、黒川はどんな顔をするだろう。少なくとも、自分のことなんて放っておいてすぐにも藤峰のもとに走るだろう。

幻滅《げんめつ》されるのは間違いない。でも黒川なら、信彦にまつわる全てを否定することもしないだろう。これまで信彦から受けたアドバイスを全部ドブに捨てるような、自分自身の変化すら否定するような、そういう人ではないはずだ。必要なものはきちんと吸収してくれる。そう信じて、信彦は黒川の胸に手をついた。

「感謝なんていりません。ただの下心です」

言葉の意味が呑み込めなかったのか、黒川が困惑した顔でこちらを見る。その胸を軽く押し、信彦は眉を下げて笑った。

「俺、貴方《あなた》のことが好きだったんです。俺がゲイなの、黒川さんも知ってるでしょう？　すみません、アドバイザー失格ですね」

ほとんど力は入っていなかったはずだが、黒川がよろけたように後ろへ下がった。あるいは無意識に信彦から身を離そうとしたのかもしれない。

言葉もなく、愕然《がくぜん》とした顔でこちらを凝視《ぎょうし》する黒川を見上げ、これが最後だと信彦は口を開いた。

「どうか貴方は、新しい家族を作ってください。最初は慣れないかもしれませんが、努力次第できっと寄り添えます。そばにいても全部分かり合えるわけじゃありませんし、たまに淋しく感じることもあるかもしれませんが、きっと最後の最後で貴方の背骨を支えてくれる存在になってくれるはずです」

言葉に実感がこもる。信彦も家族の中で、自分だけが異物であるような気持ちになったことがあった。でもやっぱり、最後に自分を支えてくれたのは家族だ。記憶の中の家族の言葉が、卑怯な行動に出ようとした自分を「しっかりしろ」と蹴飛ばしてくれた。

黒川はその特殊な家庭環境から、子供の頃にいろいろな学びを取りこぼしてしまっているように見える。だからこそ、新しい家族ができればいいと思う。その人が、優しく黒川に寄り添ってくれることを祈る。

「行ってください。担当者は変更しておきますから」

呆然とした顔のまま、黒川が小さく口を動かした。それを遮《さえぎ》るように、信彦は大きな声で言う。

「頑張って、きっと上手くいきます！」

意識するまでもなく笑みが浮かんだ。縋《すが》り付きたい気持ちより、背中を押したい気持ちが勝った。

何か言おうとしていた黒川が声を呑む。同時に新たな利用者がロビーに入ってきて、信彦は黒川に会釈《えしゃく》をするとカウンター越しに利用者に声をかけた。

黒川はしばらくその場に立ち尽くしていたが、やがてのろのろとカウンターを出て、ロビーから外に出て行った。

去っていく黒川を横目に利用者の応対を終えた信彦は、一人になると小さく息を吐いた。ロビーの入り口から外へ目を向けるが、すでに黒川の姿は見受けられない。

（……言っちゃったなぁ）

軽く後ろに身を反らせると、上半身が不安定にぐらついた。まだ急に立ち上がったりはしない方がよさそうだ。

カウンターに肘《ひじ》をつき、俯《うつむ》いて片手で目元を覆う。目を閉じると、瞼《まぶた》の裏の仄暗《ほのぐら》い闇がゆっくりと旋回《せんかい》した。

異性愛者とわかっている相手に、生まれて初めて告白をした。受け入れてくれるわけもないとわかっていたのに、恋心を胸の奥に隠しておくことができなかった。こんな気持ちになったのは初めてだ。

大事なデート前に黒川にはいらぬ動揺を与えてしまったかもしれないが、遅刻をせずに済んだのだからよしとしてもらおう。

想いを吐き出したおかげかすっきりして、別れ際に、頑張って、と笑えたのはよかった。好きな人が、別の誰かに会いに行くのを笑顔で送り出せた。幼稚な我儘《わがまま》で引き留めずに済んだ。自分の仕事をまっとうできた。

「よくやった、よくやった……」

子供の頃、縁側《えんがわ》で祖母が自分の頭を撫でながら繰り返し言ってくれた言葉を自《みずか》ら呟く。日曜はいつもロビーが込み合うのに、今日は奇跡のように人がいない。神様が傷心の信彦を慰めてくれたのかもしれない。

ささやかな奇跡に感謝しながら、信彦は俯いて目の端に滲んだ涙を拭《ぬぐ》った。

黒川が藤峰とデートをしているその間に、信彦は黒川の担当を外れた。田端には「黒川からの要望で」と言い切って、別のスタッフに引き継ぎをしておいた。

新しく黒川の担当になったスタッフは早々に黒川へ担当者変更のメールを送ったらしいが、黒川はなんの質問も差し挟まず、ただ了解の旨《むね》だけ伝えてきたらしい。担当者に懸想《けそう》されていたというのに、会社にクレームを入れてこなかった黒川の懐《ふところ》の深さには感謝するしかない。

翌日の月曜日、信彦は体調不良を理由に仕事を休んだ。忙しい時期に申し訳ないとは思ったが、さすがに限界だったのだ。周りのスタッフも最近信彦の顔色が悪かったことに気づいていたようで、皆ゆっくり休むよう言ってくれてありがたかった。

火曜日は定休日で、水曜日はもともと休みなので、久しぶりに丸々三日の連休だ。疲れが溜まっていたのか、長く押し殺していた恋心を吐き出して気が抜けたのか、布団に入っていればいつまでも眠っていられた。

二日目の夜には体調も回復し、三日目ともなると眠ってばかりいるのにも飽きて、ふと思い立って信彦は実家へ電話をかけた。平日の昼下がり。電話に出たのは姉だった。

『信彦？　久しぶりじゃない、どうしたの？』

威勢のいい姉の声に赤ん坊の泣き声が重なる。今年生まれたばかりの姪《めい》だろう。

『わざわざ家電にかけてきたってことは、もしかしてお祖母《ばあ》ちゃんに用事だった？　さっき買い物に出かけちゃったよ』

「いや、別に用があったわけじゃなくて、ちょっとみんなの声が聞きたかったんだ」

『何それ、お盆にも帰ってこなかったくせに』

姉がけらけらと笑う。喋りながら赤ん坊を抱き上げたのか、泣き声が近くなった。

『それであんた、仕事はどうなの？　相変わらず忙しい？』

姪の泣き声を掻《か》き消すように、電話の向こうで姉が声を張り上げる。それなりに、と返すと『お正月くらいは帰ってらっしゃいよ！』と強い口調で言われた。信彦を子守り要員にするつもりだろう。苦笑交じりに了解する。

『忙しいのはいいけど、他人の結婚ばっかり世話してないで自分の方もどうにかしなさい。ちゃんとプライベート充実してんの？』

姪はまだ泣いている。甥《おい》っ子の声は聞こえないがそばにいるのだろうか。まだ保育園か。そんなことを考えて返事が遅れた。

『あんたいつも自分のことは後回しにするんだから。たまには他人を押しのけてでもやりたいことやんなさいよ。一度くらい欲望のままに突っ走らないと、死ぬ間際に後悔するんだから。お母さんやお祖母ちゃんなんか未だに若い娘みたいに歌舞伎俳優の追っかけやってるじゃない。あのパワーを見習いなさい』

でも、と反論しようとしたら『あんたは他人のことを考えすぎ』と遮《さえぎ》られた。

姉は好き勝手に喋り続け、いつの間にか姪の泣き声はやんでいた。

信彦はまだ寝間着のまま、ベッドに腰かけて背中を丸める。床に落ちる、窓の形に切り取られた日差しを眺めていたら、実家の縁側を思い出した。あの場所でたくさんの弱音を家族にもらした記憶も蘇って、ぽつりと呟く。

「もし俺が……正式に結婚できない相手とか家に連れてきたら、どうする？」

家族の中でも、姉には特に言いにくい悩みを打ち明けてきた。友達に無視されたとか、進路が決まらないとか、最近母親と上手く会話ができないとか。

いつだって信彦の悩みを豪胆に笑い飛ばしてきた姉は、今回もハッと鼻先で笑った。

『そんなもん決まってんでしょ、あたしとお母さんとお祖母ちゃんで腕によりをかけて、食べきれないほどの料理を振舞うわよ』

結婚できない相手と言っているのに、例えばどんな相手なの、なんて姉は尋ねてこない。もしかすると、すでに何か察しているのかもしれなかった。姉はいつだって鋭くて、信彦の悩みを先回りしてしまうから。

『そういう相手、いるの？』

からかうような声で姉が言う。信彦は床に落ちた日差しを見詰めたまま、いないよ、と答えた。

『本当に？　いるなら連れてらっしゃいよ。待ってるから』

うん、と頷くことしかできなかった。縁側に腰かけて、持て余す気持ちを上手く言葉にできず足を揺らしていた子供の頃みたいに。

姉もまた、あの頃と同じように『うん』と言った。言葉以上のものが伝わったようなその相《あい》槌《づち》が懐かしく、信彦は電話の向こうの姉にばれないように、服の裾《すそ》で目元を拭った。


クリスマスが過ぎると金や銀のきらびやかな飾りが巷《ちまた》から消え、門松《かどまつ》や鏡餅《かがみもち》、羽子板《はごいた》などの飾りが増える。新しい年はすぐそこだ。

仕事を終えて職場の最寄り駅へ向かいながら、信彦《のぶひこ》は夜空を見上げて白い息を吐いた。明日は休みで、その翌日に出勤したらもう仕事納めだ。駅前で社用の携帯電話を取り出してみたが枝元《えだもと》からの着信はなく、年末は平穏に過ごせそうだと胸を撫で下ろす。

信彦が枝元の担当を外れたのは数日前、三日間の休みが明けた直後のことだ。出社するなり所長の田端《たばた》に呼ばれ、「急に体調を崩すなんて、何か仕事でストレスでも抱えてるの?」と単刀直入に切り出された。

迷ったものの、長く頭痛の種だった枝元のことを打ち明けると、田端は険《けわ》しい顔ですぐ枝元の担当から外れるよう信彦に言い渡した。

「そういう利用者さんは甘い顔するとずるずる依存してくるから気をつけないと駄目。桜庭《さくらば》君なんて一番相性が良くないタイプだよ」

そう言って、田端自ら《みずか》枝元の担当を引き受けてくれた。「利用者さんに対して親身になるのはいいけど、公私《こうし》はしっかり分けるようにね」と信彦に釘《くぎ》を刺すのも忘れずに。

ともあれ、枝元からの連絡がなくなったことで精神的にはとても楽になった。

電車の中で、信彦はもう一度携帯電話を取り出す。枝元からの着信はない。それに、黒川《くろかわ》からも。

最後に黒川と会ってから、すでに丸一週間が経過していた。その間、黒川からの連絡は一度もない。

告白した途端、ぴたりと連絡が絶えたのが黒川の答えだ。こうもすっぱり振られれば吹っ切れる。今度こそ、藤峰《ふじみね》と上手くいけばいいと心から思えた。

アパートの最寄り駅で降り、ガード下の自転車置き場沿いを歩いて自宅へ向かう。夜も遅いので人気《ひとけ》が少なく、夜道に信彦の足音が響くばかりだ。

寒さに首を縮《ちぢ》めて歩いていたら、後ろから慌ただしい足音が響いてきた。それは見る間に近づいて、誰かに肩を摑まれた。

驚いて振り返った信彦は、背後にいた人物を見て息を呑んだ。

「桜庭さん！　よかった、会えて！」

駅から走ってきたのか、肩で息をして嬉しそうに笑ったのは枝元だ。

「いやぁ、急に担当者が変更になったから驚いて！　田端さんは桜庭さんが体調を崩したからとしか言ってくれなかったけど、桜庭さんずっと元気でしたもんね？　何か他に理由があるんでしょう？」

絶句する信彦に構わず枝元はまくし立てる。

「ゆっくり話がしたくて、ここで待ってたんです。相談所だと田端さんがなんだかんだ邪魔してくるから」

信彦が帰ってくるのを待ち伏せていたらしい。今更ながら、利用者に気楽に自宅の最寄り駅など伝えてしまったことを後悔した。

枝元は信彦が担当を降りたことに納得していない様子で、鼻息荒く信彦に迫《せま》る。

「どうして急に担当替わっちゃったんですか？　あんなに親身になってくれたのに、やっぱり僕に結婚は無理ですか？」

「いえ、そんなわけでは――……」

「だったら桜庭さんの担当に戻してくださいよ。あ、田端さんが邪魔するようだったら、今度から相談所の外で個人的に話を聞いてもらうのでも構いませんよ！」

冗談じゃない、と青くなる。業務時間に関係なく、また何時間も雑談につき合わされては敵《かな》わない。

「何曜日に会います？」なんて強引に話を進める枝元を止めようとした、そのときだった。

「あの結婚相談所にはそんな特別サービスが存在するのか？」

押し殺した声が夜道の向こうから響いてきて、信彦と枝元は同時に背後を振り返った。

駅の方から誰か歩いてくる。こつこつとコンクリートを叩く靴音は硬く、重い。夜に溶ける黒いコートの裾《すそ》が翻《ひるがえ》り、道の向こうから闇を押しのけるようにして現れたのは、不機嫌顔の黒川だ。

黒川はあっという間に信彦たちの元までやって来ると、枝元に体をぶつけるようにしてようやく足を止めた。

「電話一本でそいつを呼び出して何時間でも話を聞いてもらえるなんてこんなにいい話はねぇな。その権利、ぜひとも俺に譲《ゆず》ってくれ」

黒川の声は決して大きくなかったが、獣の唸《うな》り声に似て聞く者を緊張させる。黒川の長身にも強面《こわもて》にも慣れている信彦でさえ息を呑んだくらいだ。枝元はと見ると、顔面蒼白になって黒川から必死で目を逸《そ》らしていた。

顔色を失った枝元を追い詰めるように、黒川は長身を屈《かが》めて枝元に顔を近づける。

「なあ、あんた、譲ってくれるだろ?」

「ゆ、譲るも何も、ご自由に……」

震える声で枝元が応じるや、黒川が勢いよく背筋を伸ばした。再び枝元を見下ろし、鋭い口調で言う。

「だったら今後はこいつに連絡してくるな」

「え……っ、ど、どうして」

「勤務時間外にこいつを呼び出す権利は俺のものなんだろ？　他人に邪魔されたくねぇ」

横柄《おうへい》極まりない黒川の言い草に、枝元が何か言い返そうとする。だが、黒川に一睨《ひとにら》みされるとたちまち口をつぐんで俯《うつむ》いてしまった。

「早速《さっそく》こいつに話がある。あんたは行ってくれ」

黒川に駅の方を示され、あたふたとその場を離れようとした枝元だが、数歩進んだところでまた黒川に呼び止められて足を止めた。

「俺は嘘が嫌いだ。こそこそとこいつと連絡を取り合うような真似はするなよ」

枝元は振り返らぬまま何度も頷き、そそくさと駅の方へ行ってしまう。信彦はその背中を呆然と見送って、ようやく傍《かたわ》らに立つ黒川を見上げた。

黒川は険しい目で夜道を睨んだままだ。久しぶりに見るその横顔を何度も何度も視線でなぞり、ようやくのことで口を開いた。

「……黒川さん、ありがとうございました」

声をかけると勢いよく振り返られ、そのまま真顔で詰め寄られる。

「だから簡単に個人情報を教えるなと言ったんだ。妙な奴につけ回されやがって……！」

「す、すみません、あの、でも、どうして黒川さんがここに……？」

気になって尋ねると、ばつの悪そうな顔で黒川から目を逸らされた。

「あんたに話があったんだ。個人的な話だから会社の携帯に連絡するのは憚《はばか》られた。できれば腰を据《す》えて話したかったし……」

信彦から一歩離れ、黒川は苦々しい顔で溜息をついた。

「だからって待ち伏せなんて、さっきのあいつと一緒だな。すまん」

「待っててくれたんですか、俺を」

ずっと連絡をくれなかったのに、今更なんの用だろう。ご丁寧に前回の告白を断りに来たのか。そんなもの聞きたくはないのに。

そう思う一方で、もう一度黒川の顔が見られた嬉しさも消しきれない。未練がましい自分を嘲《あざわら》い、信彦は駅の方を振り返る。

「お話をするなら、どこかお店にでも入りますか？　喫茶店とか……」

「いや、できれば二人だけで話がしたい。公園みたいなところはないか」

やけに切迫した表情の黒川に戸惑いつつ、信彦は線路沿いにある小さな公園に黒川を連れて行った。

周囲を一般住宅に囲まれた公園は比較的広く、中央に大きな欅《けやき》の木が植えられている。遊具《ゆうぐ》は少ないが、代わりに切り株や飛び石があって、子供たちが目一杯走り回れそうだ。周囲にも背の高い木が植わっている。

黒川は公園の隅に置かれたベンチに腰を下ろしたきり何も言わない。園内には他に人気がなく、信彦も黙って黒川の言葉を待った。

「……藤峰のことなんだが」

革靴の中の爪先《つまさき》が冷たくなってきた頃、やっと黒川が口を開いた。

「あいつが初恋の相手だったかもしれない、なんて話をしたのは覚えてるか？」

「……もちろんです」

自然と声が小さくなる。黒川がなんの話をしようとしているのか見当がつかない。

「だったら、うちの会社の下請《したう》け会社の社長が、実家まで土下座をしに来た話は？」

「もちろん覚えてますが――」

「藤峰は、その社長の娘だ」

ばらばらのタイミングで聞いた昔話がふいにつながって、信彦は驚きに目を見開いた。

黒川は少し寒そうに腕を組み、ベンチの背に凭れかかる。

「藤峰とは小学校が同じだったんだ。運動会なんかでよく見かけたから、藤峰の父親の顔も知ってた。だから藤峰の父親が土下座をしているのを見たときは、ぎょっとした」

小学生の黒川に会社の難しいことはわからなかったが、黒川建築との仕事を打ち切られた後、同じ教室にいる藤峰の表情が日増しに暗くなっていくのだけは嫌でもわかった。自分が何かしたわけではないが、クラスメイトのそんな姿を見ているのは忍びなかった。

一度だけ、下校中に藤峰と二人きりになる機会があり、黒川は思い切って藤峰に言ったそうだ。「何か助けになりたい」と。

当時のことを思い出したのか、黒川は口元に自嘲的な笑みを浮かべる。

「今にして思えばくだらないことを言ったもんだな。その点、藤峰は大人だった。『貴方《あなた》に何ができるの』って、一刀両断だ」

伸ばした手は振り払われ、それから間もなくして藤峰は転校してしまったそうだ。

青白い顔で俯きながらも、きっぱりと黒川の手を退《しりぞ》けた藤峰の姿は長く黒川の目に焼きついて離れなかった。これまでつき合ってきた恋人の顔はおぼろになっても、藤峰の顔だけは忘れられない。

「だから、初恋だったのかもしれないと思った。結婚相談所で藤峰の資料を見たときは息が止まったし、今度こそ、と躍起《やっき》になった」

とつとつと胸の内を語る黒川の横で、信彦は努《つと》めてゆっくりと呼吸を繰り返す。感情が波立たないように、規則正しく。

こんな話をするなんて、黒川にとって藤峰がどれほど特別な存在なのか信彦にわからせようとしているのだろうか。自分はもう、黒川のことを諦めているのに。

「先週、藤峰とデートをして、藤峰に対して抱えていたものがようやくわかった」

黒川は言葉を切り、いや、と首を横に振る。

「見合いの時点でわかってはいたんだ。でも二人きりで会ってみて、再確認した」

藤峰は運命の相手だった、なんて言いだすつもりか。とどめを刺される覚悟で両手を握りしめたら、思いがけない言葉が耳を打った。

「あれは初恋じゃなかった」

信彦はひとつ瞬《まばた》きをして、ゆっくりと顔を上げる。聞き間違いかと黒川に目を向けたが、黒川は視線を足元に落としたままこちらを見ない。

「藤峰のことが忘れられなかったのは、罪悪感からだ。見合いで顔を合わせたときは、ただただ頭を下げたい気分になった。恋心なんて微塵《みじん》もない」

「……でも、黒川さん、あんなに熱心に藤峰さんとデートをしようとしてたじゃないですか。ネクタイの色まで明るいものに変えて」

「仕事の話をするのに不信感を持たれたくなかったからだ。本物のヤクザと思われちゃ困る」

「仕事？」と信彦は目を丸くする。黒川は至って真面目な顔で「仕事だ」と繰り返した。

「子供の頃はなんの手助けもできなかったが、今なら違う。もし今も藤峰の生活が苦しいなら、割のいい仕事を紹介するつもりだった。そういう話をするために、どうしても相談所の外で藤峰と会う必要があったんだ」

確かに、アドバイザーが同席する見合いの場で突然仕事の斡旋《あっせん》などされたら、こちらも止めざるを得なかっただろう。

黒川は夜空に視線を向けると、煙草の煙を吐くように白い息を吐いた。

「仕事の話は断られたがな。一時は傾いた家業もなんとか立て直して、今は藤峰の兄弟が後を継いでるらしい。『貴方に世話をしてもらうほど困ってない。そんなつもりでデートに応じたわけじゃなかった』って、やっぱり一刀両断だ。二回目のデートはお断りされた」

「……えっ、断られたんですか⁉」

思わずベンチから腰を浮かせたが、黒川は相変わらず空を見たままだ。

「まあ、とりあえず目的は果たせた。藤峰の実家も安泰《あんたい》らしいし、悔いはない。だからさっそく新しい担当者と次のマッチング相手を探してるんだが——上手くいかん」

苦々しげに眉を寄せた黒川を見て、信彦はおずおずと尋ねる。

「……藤峰さんが忘れられないんですか？」

黒川は何も言わない。何か探すように夜空に視線を向け続けていたが、しばらくすると諦めたのか目を閉じた。

「新しい担当者から、『黒川さんは目の前のマッチング相手を見ていない』なんて言われた。気もそぞろだってな。面談中、マッチング相手の話なんてそっちのけで別人のことばかり喋《しゃべ》ってるんだから当然かもしれん」

「別人って、藤峰さんのことですか」

「いや、あんたのことだ」

近くの線路を電車が通り過ぎる。巨大な車体の走り去る風圧が公園の木々を揺らし、一瞬黒川の言葉を聞き逃しかけた。

すぐには意味が呑み込めず、黙って黒川の顔を見詰め返す。だが、目を閉じた黒川はこちらを向こうとしない。

「最後に会ったとき、あんた随分具合が悪そうだっただろ。その後の容態が気になって、この一週間無駄に面談の予約を入れちゃ、担当者からあんたの様子を聞いてた。まさか入院なんかしてないだろうと思って」

言いながら、黒川がゆっくりと目を開ける。

「今日も面談だったんだが、まるでマッチング相手が決まらん。それでつい、担当者に相談した。『他のことが手につかないくらい気になる相手がいる』ってな」

黒川の睫毛《まつげ》の先が震える。羽ばたく直前の蝶《ちょう》のようで目を離せない。

「その相手が今どうしているか気になる。元気でやっているか心配で、一日に何度もそいつを思い出す。まさか恋じゃないかと疑っているんだと話したら、担当者に笑われた」

黒川の担当を引き継いだのは、五十がらみのベテランだ。強面の黒川に動じることもなく福々と笑う姿が容易に想像できた。

これは恋なのか、と改めて尋ねた黒川に、担当者はこう答えたそうだ。

「いや、それはもう愛でしょう」

そんな相手がいるのなら、こんな場所で油を売っていないで直接会いに行ってらっしゃい。

担当者はそうも言ったそうだ。

「だからあんたに会いに来た」

黒川がベンチに座り直し、ようやく信彦の方を向く。公園に入ってからずっとこちらを見なかったくせに、一度目が合ったら、今度は一瞬も信彦から目を逸らさなくなった。

「腑《ふ》に落ちた」

「え、な、何が、ですか……?」

「あんたに対して抱いてた感情だ。恋愛なら何度もしてきたが、これまでの恋人に対して感じてきたものと、あんたに対して感じるものはまるで違う。だから最初は、これがなんなのかわからなかった」

これ、と言いながら、黒川は自身の胸の辺りを強く叩く。そこに何があるのか信彦には見えないが、何か無視できないものがあることだけは黒川の表情から察することができた。

「あんたから好きだと言われたときも、どうしたらいいかわからなかった。男とつき合ったこともないし」

「そ、そうですよね、すみません、急に」

告白のことを蒸し返されるとさすがに恥ずかしい。相手が自分を恋愛対象とみなしていないことはわかっていたのに。いつも無鉄砲な告白をしているわけではないのだと弁解しようとしたら、強い口調で遮《さえぎ》られた。

くて」

「でも、嫌ではなかった」

「え、そんな、無理せずとも」

「無理じゃない。どうしていいかわからなかっただけで嫌ではなかった。ただ驚いて、足元がふわふわして、デートの待ち合わせ場所に行く途中で道に迷った。他のことに全く集中できなくて」

あの黒川が道に迷うほど動揺しただなんて、俄《にわ》かには信じられなかった。まるで告白に慣れていない純情な少年のような反応だ。

呆気《あっけ》にとられる信彦の方に、黒川がぐっと身を乗り出してきた。

「あんたのことは特別過ぎてわからなかった。でもきっと、これが愛なんだろう」

黒川の顔は真剣だ。愛というにはぎこちないそれを、必死で差し出されて目を回しそうになる。

黒川は、銀座のホステスやバーのママなど、玄人《くろうと》としかつき合ったことがないという。だから後腐《あとくさ》れなくつき合える愛人と恋人の違いが曖昧《あいまい》なのかもしれない。

だとしたら、黒川の言う愛は恋かもしれず、実質これが黒川の初恋なのではないか。

(いや、まさか、こんないい大人を捕まえて)

あり得ないことを考えてしまったものだと顔を赤くして、信彦は目を泳がせる。

「でも俺、男ですよ。勘違いでは……?」

「俺だってそう思った。だから一週間も身動きが取れなかった。でも、こんなに一人のことばかり考える。おかげで他のことが手につかない。なあ、自分の担当してる人間がこんなことを言い出したら、あんたはどうする」

視線は少しも動かさぬまま、黒川が信彦の手首を摑んだ。信彦の手は夜風に打たれて冷え切っているのに、黒川の掌《てのひら》は直前まで火にかざしていたかのように熱い。

「気になる相手がいるんだ。そいつは如才《じょさい》ないように見せかけて器用貧乏で、プライベートも他人のために使って、自分のことは後回しで、恋愛なんかも上手くいってない。でも仕方ないって諦めて、見てるとじりじりする」

黒川の目に、自分はそんなふうに映っていたのか。うろたえて視線が揺れるが、黒川の目は一切ぶれない。

「俺なら、と思う。こいつがどれだけ馬鹿真面目に働いてるか、どれだけ他人に対して誠実であろうとしてるか、俺ならわかってやれるんじゃないか、わかってやりたい。話をしてほしい。受け止めたい。これはなんだ？　あんただったら、担当してる客がそう言ってきたらどうする。勘違いだって言うのか？」

黒川の手も、声も熱っぽくて、火が燃え移るようだと思った。言葉にされずとも、背中を押してくれ、と懇願《こんがん》されているのがわかる。

けれど、差し出されたこの手を取ってしまってもいいのだろうか。

黒川は、信彦が望んでやまなかった普通の結婚生活を送れる人だ。ここで踏みとどまるように説得した方がいいのではないか。

自分の恋心さえ殺してしまえば、それは実に簡単なことだ。そうすべきだ。

黒川の手を振り払おうとしたそのとき、どこかで赤ん坊の泣き声がした。

近くの住宅街に子供がいるらしい。切れ切れの声を耳にした瞬間、姉が姪《めい》をあやしながら電話口で口にした言葉を思い出した。

『一度くらい欲望のままに突っ走らないと、死ぬ間際に後悔するんだから』

遠くから電車の音が迫《せま》ってきて、お守りみたいな家族の声と、遠い赤ん坊の泣き声が木々のざわめきに掻《か》き消された。

目の前では、黒川が息すら詰めて信彦の返答を待っている。

応じるべきではない。この手を取っても、自分は黒川の家族にはなれない。

――でも、と信彦は思う。

薪《まき》に火をくべるように、日々の会話を重ねることはできる。これまで家族の言葉が何度となく信彦の背中を押してくれたように、いつか黒川が迷ったり立ち止まったりしたとき、自分の声と言葉が黒川の背を押せたら、こんなに嬉しいことはない。

一度くらい、欲望のまま突っ走ってみるのもいいかもしれないと思えるほどに。

冷え切った指先に火がついて、信彦は手首を摑む黒川の手に自身の手を重ねた。熱い掌とは裏腹に黒川の手の甲は冷え切っていて、熱を分け合うようにしっかりとその手を握る。

「俺も……俺も好きです。俺は黒川さんのアドバイザーなのに、貴方《あなた》のお見合いを阻止《そし》してしまいそうになるくらい」

目を見開いた黒川に、信彦は力強く言った。

「貴方の気持ちも、勘違いではないと思います」

そうであってほしい、という祈りを込めて伝えた言葉に、返ってきたのはがむしゃらな抱擁《ほうよう》だった。片手で手を摑まれたまま、もう一方の腕で固く抱きしめられる。

ここは外なのに。でもどうせ公園には誰もいない。背中に回された腕の強さが嬉しくて、咎《とが》めることも忘れて黒川の肩に顔を寄せた。

黒川はしばらくじっと信彦を抱きしめてから、腕の中にいる信彦にしか聞こえないくらい小さな声で呟いた。

「……差し出した手を取ってくれたのは、あんたが初めてだ」

小さいが、感極まったような声だった。聞いている信彦の方までなんだか泣きたくなるような。

信彦は無言で片腕を伸ばし、黒川の背中を軽く叩く。黒川は自分より年上で、体も大きいのに、どうしてか子供にそうするように何度も背中を叩いてやりたくなった。

黒川はしばらく信彦の好きにさせてから、大きく息を吐いて顔を上げた。信彦の顔を覗き込み、ひそやかに囁く。

「勘違いじゃないって、もう一度言ってくれ」

頷いて、信彦はきっぱりと言い切る。

「勘違いじゃありません」

「確かめていいか」

何を、と尋ねる前にキスで唇をふさがれていた。目を閉じる暇もなかった。

両目を見開く信彦の唇を、黒川は軽く舐《な》め、歯を立て、最後に甘く吸って顔を離した。微動《びどう》だにできない信彦の顔を再び覗き込み、鼻先の触れる距離で目を細める。

「勘違いじゃなさそうだ」

遅れてじわじわと目の周りが熱くなった。声も出せない信彦の唇にもう一度キスをして、黒川が囁く。

「もう少し確かめたい。いいか?」

唇に吐息がかかる。言葉もなく頷くと、黒川に腕を取られてベンチから立たされた。キスをするわけではないのかと思ったが、余計な質問を差し挟む余裕もない。

頭はすっかり茹《ゆ》だっていて、もうどんな方法でもいいからちゃんと確かめてほしいと、そんな思いだけが信彦の体を動かしていた。

「確かめたい」と言った黒川は、即物的だがわかりやすい方法を選んだ。二人揃ってやってきたのは、駅前にある小さなラブホテルだ。

無人の受付で鍵を取り、部屋に入るなり黒川に唇をふさがれる。初手から躊躇《ちゅうちょ》の欠片《かけら》もない、口の中を食べ尽くすようなキスだった。

壁に背中を押しつけられ、黒川の大きな体に押し潰されて酸欠を起こしそうになった。勢いのまま黒川が信彦のジャケットの裾《すそ》に手を入れてきて、慌ててその体を押し返す。

「じ、準備があるので、シャワーを浴びてきます！」

それだけ言ってバスルームに飛び込んだのは、信彦の方が怖気《おじけ》づいてしまったからだ。異性愛者の黒川は、男の体を見ても怯《ひる》まないでいてくれるだろうか。不安になって、現実を直視することを先延ばしにするようにシャワールームに逃げ込んでしまった。

（俺がシャワーを浴びてる間に黒川さんも怖気づいて、一人で帰ってるかも……）

だとしても傷ついたり落ち込んだりするまいと自分に言い聞かせ、バスローブだけ羽織《はお》って緊張した面持ちで部屋に戻る。

ダブルサイズのベッドとテレビくらいしかない小さな部屋に、黒川の姿を見つけたときはホッとした。ジャケットだけ脱いでベッドに腰かけている黒川におずおずと近づく。

「よかったら、黒川さんもシャワーを……」

声をかけた途端、腕を摑まれベッドに引き倒された。のしかかってきた黒川が、ネクタイの結び目に指を入れながら「シャワーはいい」と言う。

「で、でも」

「悪い、今回だけ見逃してくれ。シャワーを浴びてる間にあんたがいなくなりそうで怖い」

解《ほど》いたネクタイをベッドに放り投げ、黒川が信彦の首筋に顔を埋《うず》めてくる。柔く首を食《は》むような愛撫に息が上がった。同時に、黒川も自分と同じようなことを考えていることがわかっておかしくなった。

「逃げませんよ、俺は……」

「わからんだろう。それにあんたは、なんの断りもなく担当を外れた前科がある」

首筋を噛む力が少し強くなった気がして、信彦は熱っぽい息を吐いた。

「好きだなんて言っておきながら急に距離を取りやがって」

「だって、断られるに決まってると思ってたんです。嫌な顔をされたくなくて……」

喋っている間に、バスローブの合わせ目から黒川の指が忍び込んできてどきりとした。胸に指を這わされ、逃げるように身をよじる。

胸をまさぐる手の熱さに肌が震えた。胸の突起《とっき》を指が掠《かす》め、息を呑んだらじっくりと親指の腹でそこを押しつぶされる。

「……っ、……ぅ」

首筋にとろりと舌を這わされ必死で声を殺した。無意識に背中を丸めて身を守るような格好をしてしまい、黒川に耳朶《じだ》を嚙まれる。

「触られるのが嫌か？」

探るような声だ。同性相手だから勝手がわからないのかもしれない。黙っていると妙な勘違いをされそうで、小さく首を横に振った。

「い、嫌なわけじゃなくて……むしろ、黒川さんがどう思うのかと……」

触れればどうしたって男女の体の違いを実感せずにいられない。柔らかみのない胸に触れ、黒川が我に返ってしまいそうで怖かった。

そんなようなことをしどろもどろに告げると、ふいに黒川が身を起こした。ベッドに仰向《あおむ》けになった信彦をまたぐような格好で、何をするのかと思ったら黙々と服を脱ぎ始める。

「他人の心配してる場合か？　大変なのはそっちだろう」

黒川の手がベルトにかかったときはさすがに目のやり場に困った。うろうろと視線を泳がせている間にすっかり服を脱ぎ落した黒川が再びのしかかってくる。

「俺みたいに経験のない相手をリードしなくちゃいけないんだぞ。あんたがちゃんと手綱《たづな》を握ってないと、どんなふうに暴走するかわからん」

バスローブ越しに、腿《もも》の辺りに硬いものを押しつけられて目を瞠《みは》った。そのまま緩《ゆる》く腰を揺すられ、かぁっと顔が赤くなる。

バスローブの裾《すそ》をかき分けた手で内腿《うちもも》を撫で上げられて息を呑んだ。本当にそんな場所に触って大丈夫なのかと窺うように目を上げれば、黒川もこちらを見て口元を緩めた。

「歯医者に行く前の子供じゃあるまいし」

よほど怯《おび》えた顔をしていたらしい。宥《なだ》めるように頬に唇を落とされ、ほっと息を吐いたところで大きな手が下肢《かし》に触れた。

「あ……っ」

声を殺そうと慌てて唇を噛んだが、黒川はそれを咎《とが》めるように信彦の熱を煽《あお》ってくる。

「ん、ん……っ、ぅ……っ」

黒川の手に包み込まれたそこは見る間に硬くなって、あっという間に先端から先走りが滴《したた》る。性急な反応が恥ずかしくて耳まで赤くしていると、噛みしめた唇を舐められた。

「また余計なことでも考えてるのか？」

黒川は信彦のバスローブの紐《ひも》をほどくと、信彦の脚の間に体を割り込ませて互いの性器を一摑みにした。

押しつけられたものの熱さに腰が跳ねた。すっかり硬くなっているそれをまとめて扱《しご》かれ、背筋に痺《しび》れるような快感が走る。

「なあ、何も問題なんてないだろう？」

手の動きは止めぬまま、黒川が信彦の耳に唇を押しつけてくる。声に混ざる乱れた息遣いを感じたら、体の表面にざっと汗が浮いた。

「声を聞かせてくれ」

これまでのぶっきらぼうな声をどこに置いてきたのかと思うくらい、耳に流し込まれる黒川の声は甘い。耐えられず切れ切れに声を上げると、黒川が嬉しげに目を細めた。

こんなときにそんな顔をするなんてずるい。恥ずかしいのに抗《あらが》えなくなってしまう。

先走りが黒川の掌を濡らし、表面を撫でるようにとろとろと手を動かされると腰が反った。焦《じ》れた声を喉の奥で押し潰すと、あやすようなキスをされる。それはすぐに口の中をかき回すようなキスになり、夢中になってしまって声を殺すことなど忘れた。

「あ……っ、あ、あぁ……っ」

根元から先端まできつく扱かれ、闇雲に腕を伸ばして黒川にしがみつく。黒川はそれを嫌がらない。機嫌よく笑って信彦の髪に頬ずりしてくる。無骨な見た目に反して、セックスの最中に黒川が放つ空気は甘ったるい。

熱い紅茶に落とした角砂糖のように、自制心が溶けて崩れていくようだ。硬い指先と熱い屹《きつ》立《りつ》に追い上げられ、腰の奥から震えるほどの快楽が駆け上がってくる。

「あ、や、待って、ま……っ、あ、あぁっ！」

黒川に余裕のない手つきで腰を抱き寄せられ、密着した肌の熱さに震え上がった。耐え切れず、その手の中に飛沫《ひまつ》を叩きつける。

耳元で黒川が息を詰め、ゆっくりと大きな体がのしかかってくる。黒川も達したらしい。

（……あ、よかった）

自分ばかり興奮していたわけではなかったようだとほっとしていると、黒川がのっそりと起き上がった。汚れた手をバスローブで拭《ぬぐ》い、信彦の体からそれをはぎ取ってしまう。

とっさに寝返りを打って黒川に背を向けてしまった。ここまでしてもなお、黒川の目に自分の体がどう映るのか気になったが故《ゆえ》の行動だ。振り返ることもできず身を固くしていると、後ろから黒川に抱き竦《すく》められた。

「うわっ!?　く、黒川さん……っ？」

「なんだ、引っついちゃ悪いのか」

「わ、悪くはないですが……」

背中に黒川の胸が当たる。薄く汗をかいた肌は、まだ存分に直前までの熱を残していた。黒川は信彦の項《うなじ》にかかる髪を鼻先でかき分け、首の裏に唇を押しつける。熱い唇の感触に、腰の奥がジンと痺れた。

「ここまで来たら、もう確認は終わりでいいだろう？　勘違いじゃないよな？」

耳裏で囁かれ、首筋の産毛《うぶげ》が逆立《さかだ》った。はい、と答える声がもう甘く崩れている。黒川は信彦を抱きしめたまま、その輪郭《りんかく》を確かめるようにあちこちに手を這わせてくる。

「ところで風呂に入る前『準備してくる』って言ってただろ。……ここの準備か？」

信彦の腰を撫でていた手が移動して、体の奥まった場所に至って心臓が跳ねた。

「……で、できるんですか？」

抵抗はないのだろうか。恐る恐る振り返ると、黒川におかしそうに笑われた。

「それはこっちのセリフだな。本当にできるのか？」

明確な意思を持って、指先が窄《すぼ》まりをほぐすような動きをする。可能なら先に進むつもりらしいと悟《さと》り、信彦はごくりと唾《つば》を飲んだ。

「ローションを使えば……できます」

「していいか」

黒川が首を伸ばしてこちらの顔を覗き込んでくる。初めて見る甘やかすような表情に見惚《みと》れていると、ふいを衝《つ》くように唇をついばまれた。

煙草を吸う黒川の舌は少しだけ苦い。でも延々と舌を絡ませ合うキスは甘い。窄まりにはまだ黒川の指先が触れたままで、悪戯《いたずら》に動かされると腰の奥が疼《うず》いて熱くなった。

キスがほどけ、信彦は瞼《まぶた》と唇を同時に開く。

「……したい、です」

「俺もだ」

もう一度信彦にキスをして、黒川はベッドサイドに常備されたローションに手を伸ばす。

「先に言っておくが、俺は加減を知らん。ちゃんとリードしてくれ」

そう言いながらも、信彦に触れる指先は丁寧だ。ローションをまとわせた指が狭いひだをかき分け、ゆっくりと中に入ってくる。

途中、意外そうな声で「柔らかい」と言われて顔を赤くした。

「……準備しましたから」

「だったら、次は準備から俺にやらせてくれ」

「え……っ、それは、ぁ……、あっ……」

断るつもりが、黒川の指がずるずると奥に入ってきて言葉が途切れた。次もあるのかな、と思ったら唇から漏れる声が隠しようもなく甘くなる。

「痛まないのか?」

「だ……大丈夫、です……」

ときどき黒川の指先が、特別感じる場所を掠めて内側が収縮する。黒川は敏感にそれを感じ取り、ゆったりと信彦の中で指を回した。

「あっ、あ……っ」

「気持ちいいのか」

からかうような調子ではなく、こちらの体を本気で気遣っているのがわかる声だ。おかげで適当にごまかすこともできない。肩越しに振り返り、涙目で小さく頷くと黒川の喉がごくりと鳴った。

「あっ、ん、んん……っ」

前より深々と指を埋められ、目の前のシーツを掻《か》きむしる。奥を突かれると、ねだるように内側が黒川の指を締めつけてしまう。

首筋に黒川の乱れた息遣いが触れて腹の奥が熱くなった。内側を探る黒川の指はたどたどしくて、でもそのことにひどく興奮した。黒川が焦れているのが伝わってくるせいかもしれない。腿《もも》の裏に押しつけられた黒川の屹立はすっかり硬くなっている。

最後は信彦の方が我慢できなくなって、ベッドサイドのコンドームを手に取った。薄っぺらなそれを押しつけられ、黒川は一瞬きょとんとした顔をする。

「男同士でも必要なのか」

本当に同性同士の性交に関する知識はほとんどないらしい。それでいてここまでの行為が比較的スムーズなのは、元来黒川の持つ経験値が豊富だからだろうか。ぼんやり考えている間に肩を押されて仰向《あおむ》けにさせられた。黒川が脚の間に体を割り込ませてきて、悪あがきのように顔を背《そむ》ける。

「……前からするんですか」

「でないと顔が見えない」

この期《ご》に及んで不安と羞恥《しゅうち》が胸をかき乱す。だがそれも、窄まりに先端を押しつけられた瞬間に霧散《むさん》した。

「……っ、ん……」

今か今かと待ちわびて充血していた内側に、硬い屹立が分け入ってくる。久々なので圧迫感はあるが、それ以上の充足感に満たされた。

「あ、あ……っ、あ――……っ」

奥まで呑み込まされ、唇から滴るような声が漏れた。腹の奥からとろとろと溶けて崩れてしまいそうだ。深く受け入れているだけなのに、ほんの少し身じろぎされると体の芯が震え上がる。

信彦は必死で腕を上げて黒川の背中に回した。汗ばんだ肌に指を這わせると、黒川が鋭く息を吐いて信彦をきつく抱き返してくる。骨が軋《きし》むほどの強さにくらくらと眩暈《めまい》がした。こんな多幸感《たこうかん》を他に知らない。

「動くぞ」

短く告げて、黒川が腰を揺すってくる。

「あ、あぁ……っ、あ……っ」

内側を硬い屹立でこすられる快感に目が眩《くら》んだ。無意識に閉じていた目を開けると、至近距離から黒川がこちらを見ていた。見られる羞恥《しゅうち》を快感が追い越して、首を反《そ》らしてキスをねだる。

最初は信彦の顔色を窺っていた黒川も、だんだん動きに遠慮がなくなってきた。突き上げられて揺さぶられる。波のように襲い掛かる快楽に呑まれそうになっていると、ふいに黒川が信彦の屹立に手を伸ばしてきた。握り込まれて信彦の背筋が反り返る。

「や……っ、やだ、そこはいい、です！」

急にじたばたと暴れ始めた信彦を見下ろし、黒川が不思議そうに首を傾《かし》げた。

「こっちも触った方が気持ちいいだろう？」

黒川がわざと耳元に唇を寄せてきて背筋に震えが走った。気持ちがいいに決まっている。触れられればすぐにも達してしまいそうで、信彦は必死で首を横に振った。

「い……っ、いらない、です……っ」

「このままいけるのか？」

動きを止めてしまった黒川に焦れ、信彦はその腰に脚を巻きつけて何度も頷く。

「な……中だけで、いけるので……っ」

早く、と、恥も外聞《がいぶん》もなげうって訴えた。

黒川は目を見開いて信彦を見下ろした後、汗をにじませた顔に微《かす》かな笑みを浮かべる。

「中だけでいけるのか？」

余計なことを言ったと気づいたときは、両手で腰を摑まれていた。身構える間もなく突き上げられ、唇からあられもない声が上がる。

待って、と言いたいのに声にならない。言葉も体も突き崩される。待って、が、もっと、になるのに時間はかからず、顎先《あごさき》から汗を滴らせながら黒川が笑った。

「スーツを着て、受付で上品に笑ってるあんたはいかにも清廉潔白《せいれんけっぱく》そうに見えたが」

揺さぶられて視界がぶれる。黒川の顔が遠くて指を伸ばすと、察したように黒川が体を倒してくれた。

「案外いやらしい体をしてるんだな？」

「あ……あっ、あ……っ」

腰を回され、否定の声も出てこない。

思っていたのと違っただろうか。不安になったところでキスをされた。深く舌が絡まって、名残惜《なごりお》しげに唇を吸い上げられる。

「いいな。とんでもなく好みだ」

蜜《みつ》をまぶしたような甘い声で囁かれ、中に居座る黒川を締めつけてしまった。それが引き金になったのか、黒川が体ごとぶつけるように突き上げてくる。

「あっ、ひ、あ……っ、あぁっ！」

目の前に白い光が飛ぶ。ただでさえ限界が近かった信彦はあっという間に追い詰められ、必死で黒川にしがみついた。爪先《つまさき》が丸まって息ができない。何もかも振り切って体は絶頂を駆け上がる。

最後は黒川の背中に爪を立て、声も出せずに吐精《とせい》した。

痛いくらい強く黒川が抱きしめ返してきてくれて、ああ、と小さな声を漏らした。

ちゃんと最後までできた。黒川はまだここにいてくれる。そう思ったら気が抜けて、信彦はふっつりと意識を手放してしまったのだった。

短い時間とはいえ、ラブホテルで眠ったのは初めてだった。普段は休憩だけ済ませたらすぐに出る。延長料金ももったいない。

だから目を覚ました瞬間、黒川が心配顔でこちらを見ていたときは驚いた。このまま泊まっていこうと提案され、遠慮したものの黒川も引かない。

「ラブホテルに泊まるなんて散財《さんざい》もいいところですよ。窓がある分ビジネスホテルの方がまだましです」

「金なら俺が出すから構わないだろう」

何も身につけないままベッドで黒川とお喋りしながら、なんだか覚えのある会話だと思った。黒川のデートの採点をしたときも、こんなやり取りをした記憶がある。

あのときと違うのは、信彦自身がこの無駄な出費を悪くないと思っていることだ。初めて素肌を合わせた直後なのだから、少しくらい余韻《よいん》を楽しみたい気持ちもあった。

汗も引き、さらりと乾いた体を黒川に寄せて目を閉じたら、前触れもなく「信彦」と呼ばれた。不意打ちに驚いて軽くむせる。

「な、なんですか、急に……！」

「いや、そういえば呼んでなかったなと思っただけだ。いいだろう、恋人同士なんだから」

「こ……っ、そ、そう、ですけど……」

改めて言われるとなんだか照れる。もごもご口ごもっていると、黒川に片腕で抱き寄せられた。

「否定されるかと思った」

「ここまでしておいて、さすがにしませんよ」

「そもそも手を取ってもらえると思ってなかった。あんたは自分より他人を優先するところがある。またなんだかつまらんことを考えて、俺の前から逃げ出すかと思った」

黒川の言うつまらないこととは、きっと信彦が黒川から告白された瞬間頭に思い浮かべた諸々《もろもろ》のことだろう。

黒川の胸に顔を寄せ、確かに、と信彦は目を伏せる。

「一瞬、そうしようかと思いました。でも、つい先日姉から絶妙なタイミングで背中を押してもらったんです」

電話口で姉に言われた言葉を黒川の前で繰り返す。黒川は神妙な顔で信彦の言葉に耳を傾け、ややあってからこう言った。

「だったら一度、あんたの家族に挨拶《あいさつ》に行かないとな」

冗談かと思って笑い飛ばした信彦だが、黒川が真顔なので笑顔を引っ込めた。

「まさか、本気ですか?」

「恋人ができたら連れてこいと言われたんだろう? 俺もあんたの家族に会ってみたい」

理想の家庭がわからない、なんて言っていた黒川が、他人の家に興味を持ってくれたのはいい傾向《けいこう》だ。信彦の家族に黒川を紹介するのもいいのだが、恋人としてとなると難しい。

「そのうちに……」と適当にごまかしてもよかったのだが、思い直して信彦は黒川を見上げた。

「黒川さんを実家に連れて行くのはいいんですが、恋人としては、ちょっと……」

「俺では紹介できないか?」

「いえ、黒川さんがどうこうということではなく、実家には姉夫婦がいるんです。俺自身は家族にどう思われても仕方ないんですが、万が一にも姉と義兄《あに》の仲がぎくしゃくしてしまうと申し訳が立たないというか……」

せっかく黒川の方から家族に挨拶に行こうと言ってくれたのに、断るのは心苦しい。だが、家族に迷惑もかけたくない。

機嫌を損《そこ》ねてしまっただろうかとおっかなびっくり黒川の表情を窺ったが、黒川はけろりとした顔で「なるほどな」と言った。

「それは考えも及ばなかった。すまん」

「いえ、俺こそつまらないことを言って水を差してしまって……」

「つまらないことはないだろう。俺にはよくわからんが、家族ってもんは難しいらしい」

機嫌を損ねるどころか、黒川は楽しげに笑って信彦の髪を撫でた。

「これからいろいろ教えてくれ。知らないことはどうにもならんが、教えてもらえれば善処《ぜんしょ》する。こう見えて俺は素直だぞ？」

信彦の顔を覗き込み、黒川は目を細める。

「今後ともよろしく頼む。末永く」

まるで結婚式でつかうような言葉が転がり出て、うっかり息を詰めてしまった。急に目の周りが熱くなって、それを隠すように黒川の胸に顔を押しつける。

幾年《いくとせ》を経《へ》て、末永く。来年も、再来年《さらいねん》も。

だったらまずは、目前に迫った年末を黒川と一緒に越したい。

「――こちらこそ、末永くよろしくお願いします」

一生口にすることもないだろうと思っていた言葉をこんなふうに誰かと言い合えることが嬉しくて、信彦は力いっぱい黒川の体を抱きしめた。

一生もののお約束

isshou
mono
no
oyakusoku

チャイムの横に暗証番号式の電子錠。数寄屋門《すきやもん》の屋根の下には防犯カメラ。一般住宅にもかかわらずここまでセキュリティが厳重なのも珍しい。防犯意識が高いと考えるべきか、そうまでせざるを得なかった事情があるとみるべきか。

周囲を分厚《ぶあつ》い塀《へい》で囲われた大きな日本家屋を改めて眺め、信彦《のぶひこ》は感嘆の交じる真っ白な息を吐いた。片手に持った紙袋を持ち直し、深呼吸してからチャイムを押す。

心臓がどきどきと落ち着かないのは、堅気《かたぎ》の人間が住んでいるようには見えないこの門構えのせいではない。家の奥で待つ人に会うのが待ちきれないからだ。

『どうぞ』

インターフォンから低い声がして、電子錠が外れる音がした。おっかなびっくり引き戸を開け、玄関先まで続く飛び石を踏んで歩く。

時刻はそろそろ十七時になるところだが、日はすっかり落ちて足元が覚束《おぼつか》ない。一歩一歩着実に飛び石を踏んで歩いていると、玄関先に明かりが灯《とも》った。ガラリと引き戸が開いて、中から顔を出したのは黒川《くろかわ》だ。

来たな、とばかり目を細めたその表情は気安いのにどこか甘くて、信彦は首に巻いていたマフラーでとっさに口元を隠した。ただ顔を見ただけなのに、だらしなく唇が緩《ゆる》んでしまう。

ざっくりしたセーターに黒のスラックスを合わせた黒川は、いかにも自宅でくつろいでいた様子だ。信彦の職場である結婚相談所で顔を合わせていたときはお互いいつもスーツ姿だったせいか、未だに黒川の私服は見慣れない。恋人同士になってからまだようやく一週間が過ぎたばかりというせいもある。

「お邪魔します。これ、お土産《みやげ》です。地元のお菓子屋さんのおかきなんですけど」

「ああ、悪いな。実家はどうだった？」

上がり框《かまち》に上がった黒川がこちらを振り返る。信彦も靴を脱ぎながら微苦笑を返した。

「みんな元気でしたよ。特に子供たちが。甥《おい》と姪《めい》のお世話に明け暮れた三が日でした」

「賑《にぎ》やかそうだな」

「それはもう。姉はぐったりしてましたけどね。黒川さんはお正月、どうしてたんですか？」

「元日からずっとここで飲んでた」

廊下を歩く黒川の背中を見やり、一人で？　と尋ねようとして呑み込んだ。家の中は静まり返っていて、自分たち以外誰もいないことは問うまでもない。

「……ご家族とは？」

「会ってないな。父も祖父も年末年始は挨拶《あいさつ》回りで忙しい」

黒川の祖父は黒川建築の会長、父親は代表取締役だ。盆暮れ正月もなく忙しくしているのは仕方がないにしても、黒川は一人で淋しくないのだろうか。

（お正月もこっちに残ればよかったかな）

年末は黒川と一緒に過ごした。黒川のマンションでテレビを眺め、新年のカウントダウンはどのチャンネルで迎えようかなんて他愛《たわい》もない話をして、年明けと同時に新年の挨拶を交わした。

三が日は実家で過ごすことになっていたので元日の昼には黒川と別れたが、予定を変えて一緒に過ごしてもよかったかもしれないと今になって思う。

ちらちらと黒川の背中を窺ったが、先に客間に入った黒川は淋しさなんて欠片《かけら》も感じさせない、あっけらかんとした口調で言った。

「おかげで酒が飲み放題だ。あんたも好きなだけ飲んでくれ」

黒川に続いて客間に足を踏み入れた信彦は目を見開いた。この家を訪ねるのは今回で二回目だが、以前ここに通されたときはなかったものが部屋の中央に鎮座《ちんざ》している。

「この家、こたつなんてあったんですね？」

ぽつんと一つ置かれていた座卓にとって代わっていたのは、こたつだ。前回は生活感のない部屋がなんだか旅館のようでよそよそしく感じたものだが、こたつが一つあるだけで大分《だいぶ》印象が違った。実家と同じ匂いがする。

「物置から引っ張り出してきた。誰もこの家に居つかないからずっとしまいっぱなしだったんだが、今日はあんたが来るからな」

「俺のために、わざわざ？」

半分冗談で尋ねれば、黒川の唇に艶《つや》やかな笑みが浮かんだ。

「大事な恋人に風邪なんか引かせられないだろ」

軽い気持ちでちょっかいを掛けたら盛大にやり返されてしまった。自分で仕掛けておいて笑い飛ばすこともできないなんて情けない。赤くなった顔を慌てて背《そむ》ける。目の端では黒川が肩を揺らして笑っていて、ますますそちらを見られなくなった。

初対面こそ強面《こわもて》で傲岸不遜《ごうがんふそん》と思われた黒川は、恋人同士になってみると意外なほど態度や物言いが甘かった。歴代の恋人たちの中でも一、二を争うかもしれず、予想外のことに動揺を隠せない。

「そ、それにしても凄《すご》いお酒の量ですね……！」

照れ隠しに慌てて話題を変える。事実、こたつの上にはたくさんの日本酒の瓶《びん》が並んでいて、よく見れば部屋の隅にも熨斗《のし》のかかった箱がいくつも積み上げられていた。

黒川の実家には、黒川の祖父と父親宛てにお歳暮《せいぼ》とお年始が大量に届く。しかし二人とも多忙で荷物を受け取っている暇がなく、毎年この時期は黒川が実家で待機して荷物を受け取っているらしい。気に入った酒やつまみになりそうな贈答品は、三が日中に一人で食べ尽くすのが恒例《こうれい》だそうだ。昨日、信彦の携帯電話に黒川から電話があって「あんたも一緒にどうだ」と誘われたため、こうしてご相伴《しょうばん》にあずかることになった次第である。

一升瓶《いっしょうびん》から直接コップに日本酒を注《つ》ぎ、ハムやチーズを適当に切り分けて皿に並べる。桐《きり》箱《ばこ》から出てきたようなハムの隣に地元の商店街で買ったおかきを並べるのはなんだか気恥ずかしかったが、黒川は「美味《うま》い」と言っておかきをひょいひょい口に運んでくれた。

こたつに入れた足を伸ばし、自分では買うこともできない高価な日本酒を堪能《たんのう》して、信彦はうっとりと溜息をついた。

「こうやって静かに過ごせるのもいいですね。実家は騒がしかったので……」

「子供の相手はそんなに大変だったか」

喉《のど》の奥で黒川が笑う。信彦が来る前から飲んでいたらしいがその顔色は全く変わっていない。コップ一杯でうっすらと頬を赤らめた信彦は、それもあるんですが、とちらりと目を上げた。

言葉を探すような信彦の表情に気がついたのか、黒川がコップを上げかけていた手を止める。

「結婚はまだか、なんて親にせっつかれでもしたか？」

「いえ、姪が生まれるまではそんなこともよく言われましたが、今回は全く。甥と姪のお世話で忙しくてそれどころじゃなかったみたいです。ただ、姉が……」

姉は子供の世話で疲れ果てているはずなのに、家事や子守りの合間を縫《ぬ》っては「あんた、本当は恋人できたんじゃないの？」と信彦に耳打ちしてきた。以前電話口で、結婚できない相手を実家に連れてきたらどうする、と信彦が口走ったのをしっかり覚えていたようだ。他の家族の耳に入らぬように配慮こそしてくれたが、思った以上にしつこかった。

「なんて答えたんだ？」と軽い口調で問われ、肩をすぼめた。

「下手《へた》に恋人がいるとばれると根掘り葉掘り聞き出されそうだったので、恋人はいないということにして帰ってきました」

そもそも信彦は、これまで家族の前で恋人がいると匂わせたことすら一度もない。なんの弾《はず》みで自分がゲイだとばれてしまうかわからないからだ。だからとっさに嘘をついてしまったが、さすがに黒川本人にそれを伝えるのは後ろめたかった。

「すみません、なかなかカミングアウトできなくて……」

黒川をいないもののように扱ったのが申し訳なくて深々と頭を下げたら、とん、とつむじをつつかれた。恐る恐る顔を上げると、こたつの天板《てんばん》に肘《ひじ》をついた黒川が唇の端を持ち上げる。

「別に、そんなもんどうしても家族に打ち明けなきゃいけないもんでもないだろう。言いたくないなら言わなけりゃいい」

喋《しゃべ》りながらまだ信彦のつむじをぐりぐりといじってくる。もしや顔色に出ていないだけで、存外黒川も酔っているのだろうか。

「……淋しくないですか？」

恋人が家族の前で自分の存在を隠したのだ。思うところはないのだろうかとおずおず尋ねたが、黒川は小さく笑って信彦の髪に指を滑《すべ》らせた。

「別に。あんたの家族はまっとうなんだな、と思うだけだ。うちの家族は俺がどういう性癖でも気にも留めないだろうからな。でも、あんたの家は違うんだろう」

さも当然のように言いきって、黒川は信彦の髪を指先ですくう。

「なんだ、あんたは家族に自分のことを隠されたら淋しいのか？」

「それはまあ、多少は……」

髪を梳《す》く感触が心地よく、斜向《はすむ》かいに座る黒川に自《みずか》ら頭を寄せた。後頭部に黒川の掌《てのひら》が添えられ、軽く引き寄せられて目を閉じる。

（新年早々、受かれてるなぁ……）

恋人の実家でこんなにも無防備に身を寄せ合うのは初めてだ。とはいえこの家には滅多《めった》に黒川の家族も寄りつかないというし、少しくらいはいいだろう、なんて考えていたそのとき、玄関の扉がガラリと開く音が耳に飛び込んできた。

信彦は目を見開いて、あたふたと黒川の体を押しのける。

「く、黒川さん、今、玄関の方で音が……！」

「猫か何かじゃないか？」

「猫は鍵のかかった引き戸を開けたりしませんよ！　もしかして酔ってます……!?」

黒川の胸に手をついて、互いの間になんとか距離を作ったところで廊下に面した襖《ふすま》がすらりと開いた。

現れたのは、ダークスーツを着た長身の男性だ。年は五十代といったところだろうか。前髪を後ろに撫でつけて形のいい額《ひたい》をあらわにした男は、シルバーフレームの眼鏡の奥から冷淡にこちらを見下ろしてくる。

一目でわかった。黒川の父親だ。がっしりとした顎《あご》に高い鼻、何より目元の剣呑《けんのん》さがそっくりだ。喪服《もふく》のような黒一色のスーツも初対面の黒川を彷彿《ほうふつ》させる。

お邪魔してます、と声をかけようとしたら、その背後からもう一人現れた。こちらは七十代後半と思《おぼ》しき和装の男性だ。真っ白な髪を短く切り、墨色《すみいろ》の着物に薄墨色の羽織《はおり》を着ている。

「なんだ、親父たちも来たのか」

黒川は動揺する素振りも見せず、硬直する信彦に「父と祖父だ」と二人を紹介してくれた。祖父もまた、紹介される前から黒川の親族だとわかった。全員目元がそっくりだ。

（……凄い迫力）

着流しの祖父とダークスーツの父親が並んで立つ姿は、どこからどう見ても組長と若頭《わかがしら》にしか見えない。うっかり挨拶も忘れて廊下に立つ二人を凝視《ぎょうし》してしまった。

「すまない、来客中だったか。仕事先の方か？」

黒川の父が口を開く。腹に響くような低い声だ。これまた黒川に似ているな、と思っていたら、負けず劣らず低い声で黒川が答えた。

「いや、俺の恋人だ」

さらりと爆弾発言を投下して、黒川がこちらを振り返る。いっそ同僚を紹介するときのようなさりげなさだったので、はい、と頷いてしまいそうになった。直前で黒川の言葉を理解して、危うく悲鳴を上げかける。

（い、い、今、俺のこと、えっ、こ、恋……っ⁉）

横目で黒川を凝視したが、当の本人はけろりとした顔でコップに新しい酒など注いでいる。平然としているところを見ると、うっかり口を滑らせたわけではないのか。はたまた素面《しらふ》に見えて実はひどく酔っているのか。判断がつかぬまま、おっかなびっくり黒川の父親と祖父に目を向けた。

廊下に立っていた祖父が、「ほぅ」とフクロウが鳴くような声を出す。黒川の父親は眼鏡のブリッジを押し上げ「なるほど」と呟いた。二人とも、まるで動じた様子はない。

家族にカミングアウトなんてしたらとんでもない修羅場《しゅらば》になるのでは、と危ぶんでいただけに拍子抜けした。自分の性癖が露見《ろけん》したところで家族は気にも留めないだろうと黒川は言っていたが、どうやら本当だったらしい。

「正人《まさと》」

黒川の祖父がしわがれた声で黒川を呼んで、信彦の方がピッと背筋を伸ばしてしまった。その動きに反応したように、祖父が深い皺《しわ》の刻まれた顔を信彦に向ける。

「正人はそちらの美人さんから、健康食品のセールスでも誘われたのか？」

美人さん、というのが自分を指しているのだと気がつくまでに少し時間がかかった。横から黒川の父が「綺麗な絵画や壺《つぼ》でも紹介されたのでは？」と口を挟んできて、ようやく二人が何を懸念《けねん》しているのか思い至る。

（……もしかして俺、マルチ商法の仲介役《ちゅうかい》か詐欺師《さぎし》と勘違いされてないか⁉）

泡を食って否定しようとするが、とっさに言葉が出てこない。前触れもなく黒川の家族と対面しただけでも大いに動揺したのに、黒川に恋人だと紹介され、その家族からは詐欺師と疑われて、どこから何を説明すればいいのか言葉が浮かんでこなかった。

パクパクと口を動かしていたら、黒川が空《から》になったコップを天板に置いた。

「違う、本当に俺の恋人だ」

家族から疑いの目を向けられても、黒川は一切揺るがなかった。恋人発言を撤回《てっかい》することもない。自分の存在を隠さず家族に紹介しようとするその姿勢に感動した。同時に、実家で恋人はいないと言ってしまった自分が恥ずかしくなる。

二度も同じことを言われればさすがに冗談ではないと理解したのか、黒川の父と祖父が揃って信彦に目を向ける。二人とも無表情だ。心中どんな感情が渦巻《うずま》いているのかまるで読めない。とんでもない圧に委縮《いしゅく》して俯《うつむ》いてしまいそうになったが、黒川は家族に自分を紹介してくれた。たわみそうになる背中を無理やり伸ばし、信彦は決死の覚悟で口を開いた。

「る、留守中に、勝手にお邪魔してしまい、申し訳ありません！　まさ、正人さんとおつき合いさせていただいております、桜庭《さくらば》信彦と申します……！」

緊張で声がひしゃげた。自分の家族や友人にすらゲイだと打ち明けたことはなく、恋人の家族に自己紹介をするなんて生まれて初めての経験だ。どんな反応が返ってくるか想像もつかない。極度の緊張から貧血を起こしそうになったところで黒川の父が口を開いた。

「ご丁寧にどうも。息子をよろしくお願いします」

驚きも怒りも感じられない、淡々とした声だった。黒川の父に軽く会釈《えしゃく》をされて慌てて頭を下げ返したが、あまりにも薄い反応に、それでいいのかと目を白黒させてしまう。

隣では、黒川がのんびりと酒を飲みながら父親に尋ねる。

「親父たちは？　うちに何か用があったんじゃないのか？」

「いや、たまたま近くを通りかかったら家に明かりがついていたから寄ってみただけだ。新年早々コソ泥《どろ》に入られたわけじゃなくてよかった。邪魔して悪かったな。ごゆっくり」

そう言って祖父とともにその場を立ち去ろうとした黒川の父が、途中で思い出したように足を止める。

「そうだ、明けましておめでとう。正月とはいえ飲みすぎるなよ」

そう言い残し、今度こそ二人は去っていった。

廊下の向こうでガラガラと玄関の戸が閉まる音がする。家の中に静けさが戻ると、信彦は詰めていた息を一気に吐いた。

「び、びっくりした……！　まさか黒川さんのご家族がいらっしゃるなんて……」

「ああ、珍しいな。ここで親父たちと顔を合わせること自体久々だ」

「というか黒川さん、よかったんですか俺のこと恋人だなんて紹介してしまって！　めちゃくちゃ心配されてたじゃないですか！　俺、本気で詐欺師か何かと疑われてましたよ⁉︎」

黒川は空のコップに酒を注ぎながら、まさか、と唇の端で笑う。

「これまで俺がつき合ってきた相手とはあまりにも毛色が違うからさすがに驚いただけだろう。半分は冗談だ、気にするな」

半分が冗談なら残りの半分は本気だったのではないか。なのに自分ときたらろくな挨拶もできなかった。大失態だ。落ち込んでいたら、目の前にひょいとおかきを差し出された。

「これ、美味《うま》いな。刻《きざ》み海苔《のり》が入ってる。醤油《しょうゆ》味か？」

個包装されたおかきを受け取り、信彦は唇をへの字に結んで袋を開けた。

「……俺は青のりがかかってる塩味が好きです」

「じゃあ交換しよう。俺は醤油味が好きだ」

黒川は信彦の手からおかきを奪って口に放り込むと、代わりに青のりの袋を破いて手渡してくれた。ぽりぽりとおかきを食べる音はやけにのどかで、強張《こわば》った肩や背中から力が抜ける。

「思ったより普通でしたね。黒川さんのご家族の反応……」

ぽつりと呟いたら「何を想像してたんだ」と笑われた。

「もっと泣いたり怒ったり、阿鼻叫喚《あびきょうかん》の愁嘆場《しゅうたんば》になるかと思ってました」

「そういうもんか？」

「そうですよ！　俺の友達だって家族にゲイだってばれて泣かれたりケンカしたり、絶縁状態になってる人もいるんですからね。今回はそうならなかったからよかったものの……」

「でも、家族に自分たちの関係を隠されたらあんたは淋しいんだろ？」

勢い込んで何か言おうとしていたのに、黒川の言葉で全部吹っ飛んでしまった。もしかしたら家族との関係が大きく変化してしまう危険性だってあったのに、そんな理由でカミングアウトしたとでも言うのか。

さすがに軽率すぎるのではないかと心配になった。一方で、嬉しい気持ちも確かにある。自分に同じことはできなかったと思えば罪悪感も湧いた。虹色に光る石鹸水《せっけんすい》のようだ。見る角度によって色が変わり、その中の一色だけをすくい取ることは難しい。

でもやっぱり、何気なく呟いた言葉を黒川が覚えていてくれたことは嬉しかった。そのために迷わず自分たちの関係を家族に打ち明けてくれたことも。

（いろんな家族の形があるもんな……。子供の性的指向を否定する家ばかりとも限らないか）

黒川には、自分の性的指向一つで家族のきずなが揺るがない確信があったのかもしれない。だとしたら軽率だなんだと言うのは余計なおせっかいというものだ。

信彦は天板の中央に手を伸ばすと、新しいおかきを手元に引き寄せた。エビ風味のそれを袋から取り出し、黒川の口元に押しつける。

「俺、エビ風味も好きなんです」

黒川は驚いたように目を丸くしたものの、すぐにぱくりとおかきを口に含んだ。唇についた塩を舌先で舐《な》め「これも美味いな」と目を細める。

おかきをつまみにのんびり酒を飲む黒川を眺めながら、この場に現れたのが自分の家族だったらどうなっていただろうと想像してみた。きっとひどく驚かれるだろうし、黒川の家族のようにあっさり受け入れてくれたとは到底思えない。

でももしかしたら、長年案じていたほどには悲惨な結末にならないのかもしれない。黒川の家族の反応を見たら、少しだけそんな期待も湧いた。これまでは悲観的な想像しかしたことがなかったのに。

（いつか俺も、機会があったら……）

黒川を家族に紹介したい。

そう思ったが、口に出すことはできなかった。その覚悟がいつ決まるのか、自分でも判然としなかったからだ。できもしないことを言葉にするのは不誠実な気がして、信彦は無言で酒を口に運んだ。


三が日も終わり、さらに三日を過ぎる頃には巷《ちまた》の正月ムードも抜けてきた。信彦が勤める結婚相談所も、すっかり平時の雰囲気だ。

電車で職場へ向かっていると、携帯電話に担当している利用者からのメールが届いた。マッチング相手の親と上手くやっていける自信がないという相談だ。

面談時間外もこうして利用者の相談に乗るのもアドバイザーの仕事だ。結婚は相手とだけで完結するものではなく、その家族とも関係を作っていくものだと返信したところで職場の最寄り駅に到着した。

職場に着くと、すぐに所長の田端《たばた》が信彦の席までやって来た。

「おはよう、桜庭君。早速《さっそく》だけど、昨日黒川さんがいらっしゃったよ。退会手続きをしていったから、元担当の桜庭君にも報告しとくね」

黒川が退所手続きをしに相談所を訪ねることはすでに本人から聞き及んでいたが、素知らぬ顔で「そうなんですか」と返しておいた。

「恋人ができたから退所するって。残念ながらうちで紹介した相手じゃないらしいけど、黒川さん文句言うどころかお礼言ってたよ。ここで受けたアドバイスのおかげで恋人ができたって。さすが桜庭君」

その恋人は自分なのだと思うとなんだか尻の据《す》わりが悪い。「私は途中で黒川さんの担当を外れましたから……」と苦笑いで会話を終えようとすると、田端がパンと両手を叩いた。

「そんな優秀な桜庭君に、新しいお仕事です！」

満面の笑みを浮かべる田端を見て、何やら嫌な予感を覚えた。確か黒川の担当を持ちかけてきたときも田端はこんな顔をしていなかったか。

身構える信彦に、田端は弾むような口調で言った。

「なんと今回の担当は、黒川さんです」

「……え？　黒川さんは、昨日退会手続きを済ませたんですよね？」

「そう。今回は黒川金蔵《きんぞう》さん。なんと黒川さんのお祖父《じい》さんです！」

じゃーん、と効果音がつきそうな笑顔で田端は両手を広げる。対する信彦は岩のように沈黙して動けない。数日前に顔を合わせた気難しそうな老人の顔が蘇《よみがえ》り、本気で目の前が白くなる。

「昨日の夕方電話があったんだ。孫がお世話になったからぜひ自分も面倒見てほしいって。だから担当者には、桜庭君を指名したいとも言ってたよ」

今度こそ後ろにひっくり返りそうになった。デスクに腕をついてすんでのところでこらえたが、体の中心がぐらぐらと揺れて定まらない。できるなら全力でお断りしたい話だ。

目を回しそうになりながらも、信彦は無理やり口を開く。

「あの、ど、どうして、私なんでしょうか？　黒川さんの担当者は私以外にも何人かいましたよね？　最後に担当していたのだって私ではないですし……」

「そうなんだけど、電話口で桜庭君を名指しされたんだよ。お孫さんから君の名前を聞いてたんじゃないかな」

黒川の祖父は、信彦がここに勤めていると事前に黒川から聞いていたということだろうか。ならば黒川も、金蔵がここに来ることを知っているのか。考え込む信彦の横で、田端は軽やかな口調で続ける。

「奥さんを亡くしてだいぶ経《た》つし、そろそろ再婚を考えてるんだって。でね、早速《さっそく》入会の手続きをしたいから、桜庭君に対応してもらいたいんだけど。確か桜庭君、今日は午前中の面談入ってなかったよね？　そろそろ黒川さんがいらっしゃるから説明お願いできる？」

硬直していた信彦の体がびくりと震えた。田端を見上げ、上ずった声で尋ねる。

「く、黒川さんって、ど、どっちの……」

「もちろん、お祖父さんの金蔵さん。ほら、もうお見えになる時間だ。受付でお迎えして！」

笑顔で背中を叩かれて、まだ事態が呑み込めないまま席を立った。覚束《おぼつか》ない足取りで受付へ向かいながら、田端の言葉を反芻《はんすう》する。

(黒川さんのお祖父さんが、ここに……？　アドバイザーに俺を指名？　なんのために？)

ここは結婚相談所なのだから、再婚相手を探しに来たと考えるのが順当だ。

だが、このタイミングでは素直にそう納得するのは難しい。孫の恋人に信彦がふさわしいか否《いな》か、品定めしようとしているのではないか。

単に信彦を観察しに来ただけならまだいいが、黒川の祖父は信彦がゲイだということも承知している。

(万が一にもそのことを、職場にばらされたりしたら――)

想像しただけで気が遠くなった。顔を合わせた途端、辺り憚《はばか》らず「うちの孫をたぶらかして！」などと詰め寄られるかもしれない。そうなったらもうこの職場で仕事を続けることは難しい。考えるほど悪い方向に想像が膨《ふく》らんで、受付に立つ頃には顔から血の気《け》が引いていた。

受付をしていたスタッフに「桜庭さん、大丈夫ですか？」と声をかけられながらもなんとかその場に立っていると、五分と経たず着流しの男性がエントランスに現れた。

銀鼠色《ぎんねずいろ》の着物に黒い帯を締め、同じく黒の羽織をまとった老人がゆっくりと受付に近づいてくる。重々しいその足取りは、まるで任侠物《にんきょうもの》の映画のワンシーンを見ているようだ。

信彦の前に立つと、相手はまっすぐに信彦を見詰め、しゃがれた声で言った。

「黒川金蔵だ。世話になる」

静かな声だった。その分威圧感が尋常でない。

やはり黒川の血縁者だと改めて実感し、信彦は無理やり接客用の笑顔を浮かべた。

信彦から結婚相談所の説明を受けた金蔵は、本当にその場で入会手続きを行った。田端が言っていた通り、担当は信彦に頼みたいというので軽く面談も行う。

金蔵は信彦と黒川の関係を匂わすこともなく、淡々と受け答えをして帰っていった。

本当ならすぐにでも黒川に電話をしたかったが、向こうだって今の時間は仕事中だ。せめてメールを、と思ったが、午後の面談の時間が近づいている。さらにこんな日に限って新規入会希望者が受付に列をなし、マッチング相手とデート中の相談者からも『こういうときはどうすれば……！』と泣きごとめいた連絡が入って、私用の携帯電話を取り出す暇もない。

やっとのことで黒川に電話ができたのは、すでに定時を迎えた後だった。

電話に出た黒川はもう自宅に戻っていて、金蔵が相談所を訪れたことにひどく驚いていた。

職場を出て、ふらつく足で駅に向かいながら信彦は尋ねる。

「実家でお会いした後、ご家族から俺のことについて何か言われてましたか……？」

『あの後、祖父からは一度連絡があった。どういう経緯《けいい》であんたと会ったのか訊かれたから、結婚相談所で、とは答えておいたが、まさか直接そっちに行ったのか……』

「そのとき、俺たちのことを反対するようなことを言われたとかは……」

『いや、ない。そういうことは一切言われなかった。親父に至ってはなんの連絡もよこしてこない。特にどうとも思ってないんだろう』

そうですか、と返した声は我ながら弱々しく掠《かす》れていた。消沈《しょうちん》する信彦を見かねたのか、『とりあえず、うちに来るか？』と黒川が誘ってくれて、その言葉に甘え黒川のマンションに向かうことにした。

黒川建築の一人息子ともなればとんでもなく豪勢なマンションに住んでいてもおかしくなさそうなものだが、黒川の自宅は五階建てのごく一般的なマンションだ。

エントランスで黒川の部屋の部屋番号を入力して、オートロックを外してもらいエレベーターに乗り込む。部屋の前まで来ると、チャイムを押すまでもなく黒川が中からドアを開けてくれた。

シャワーでも浴びていたのか、黒川の髪は湿っている。寝間着代わりのスウェットは上下ともに黒。自宅に戻っても全身真っ黒だ。

憔悴《しょうすい》しきった信彦を、黒川は「どうぞ」と中に招き入れる。

黒川の部屋は広々とした1LDKだ。縦長のリビングダイニングの隣には、引き戸で仕切られた寝室がある。リビングにはテレビとソファーセットが置かれ、室内にはいつも薄く煙草の匂いが漂っていた。

信彦は勧められるままソファーに腰を下ろし、隣に座った黒川に弱々しく訴える。

「再婚相手をお探しとのことでしたが、俺を指名してくる理由がよくわからなくて……」

「わざわざ指名までしてきたのか。よっぽどあんたに興味があったんだろうな」

金蔵は自分たちの仲を引き裂こうとしているのではないかと悩む信彦とは対照的に、黒川はこの状況を面白がっているようだ。「祖父はどんな様子だった?」と興味津々《しんしん》に尋ねてくる。

「今日のところは自己紹介も兼ねて軽く面談させていただきましたが……」

思い出して溜息をつく。一回の面談で十分わかった。金蔵は手ごわい。多分黒川以上に。

アドバイザーの仕事は、利用者が結婚相手にどんな条件を求めているのか聞き出すことから始まる。結果として本人の家族関係や交友関係など、かなり個人的な話を引き出さなければならなくなるわけだが、金蔵は何を尋ねてもなかなか答えてくれないのだ。

「その質問に答える必要はあるのか?」「そんなことを訊かれる意図がわからん」「それはアドバイザーとしての質問か? それともあんたの個人的な興味か?」などと言って、ほとんど質問に答えてもらえなかった。

結婚相談以前の問題だ。アドバイザーである自分に全く心を開いてくれていない。

「俺に対する嫌がらせでしょうか……?」

背中を丸め、力ない声で呟く。黒川は考え込むように宙を眺め、いや、と小さく首を振った。

「会長職に退《しりぞ》いて会社の実質的な主導権を親父に渡したとはいえ、祖父だってそこまで暇じゃない。それにあの人は、興味のない相手にはとことん冷淡だ。わざわざあんたのところに足を向けたってことは、あんたに何か見どころがあったんだろう」

口調には、単なる慰めとは思えない実感がこもっていた。その言葉に背中を押され、信彦は首をもたげるようにして黒川を見上げる。

「緊張しすぎてろくな挨拶もできなかったのに、見どころなんてありました……?」

「俺たち親子が三代揃った空間から逃げ出そうとしなかっただけでも立派なもんだ」

確かに、黒川一家が雁首《がんくび》揃えたあのときは、間違ってヤクザの事務所に足を踏み入れたような気分になった。普段から黒川の強面を見慣れていなければ逃げ出していたかもしれない。でもそんなことで、と首を傾《かし》げていたら、黒川が面白がるような顔でこちらを覗き込んできた。

「あれだけ怯えきった顔してたくせに、逃げもせず挨拶をしたのが気に入られたのかもしれないな。それどころか正々堂々交際宣言までしただろう。俺だって、あの状況で『おつき合いさせていただいております』なんてあんたが言いだすとは思わなかった」

「それは、黒川さんがちゃんと俺をご家族に紹介してくれた後だったので……」

当たり前に恋人だと言ってくれたのが嬉しくて、自分も同じことをしたくなったのだ。

だが、その結果金蔵が自分のもとにやって来たのだとしたら、余計なことなど言わない方がよかったのかもしれない。溜息をついたら、黒川に肩を抱き寄せられた。

「さっきから何をそんなに心配してんだ？　祖父があんたに何か言ったか？」

一日中強張《こわば》りっぱなしだった肩に温かな重みがかかる。黒川の視線はしっかりとこちらを向いていて、相談できる相手がいると思えたら、少しだけ気が楽になった。

「……もしかしたら、俺がゲイだって職場にばらされたりしないか心配で」

自分の性的指向を知っている相手が職場に来るのは初めてだ。さすがに緊張する。

黒川は怪訝《けげん》そうな顔でしばし沈黙した後、遅れてようやく信彦が何に怯えているのか理解したらしい。低く呻《うめ》いてソファーの背凭《せもた》れに後頭部を押しつけた。

「そうか。そうだな、あんたは自分の性癖を周りに隠してるんだもんな。すまん、あんたとうちの家族にはそう接点もないだろうと思って勝手にばらしちまったが、そういう不安があるのか。俺が家族に性癖をばらしたら、必然的にあんたのこともばれるんだもんな」

自分がカミングアウトすることで信彦にまで事態が波及《はきゅう》するということを想定していなかっ

たらしい。黒川は喉の奥で低く唸《うな》ってから、再びこちらを向いた。

「家族に性癖がばれても構わんと思ったが、あんたのそれまで勝手にばらしちまったら駄目だな。配慮が足りなかった。すまん」

強面の黒川は傲慢《ごうまん》そうな見た目に反して、素直に他人の言葉に耳を傾けられる性格だ。自分の非を認めてすぐに謝罪ができるのは美点の一つだと思う。

それにあのときは、家族に存在を隠されたら淋しいなんて話を自分がしていたのだ。黒川を責めるつもりもなかったが、きっぱりと頭を下げられて改めて惚れ直してしまった。

そんなことを信彦が考えているとも知らず、黒川は真剣な表情で続ける。

「でも一つだけ言わせてくれ。祖父はそういうケチな嫌がらせをする人じゃない。むしろ脅《おど》したり裏を掻《か》いたりするのを嫌うタイプだ。あんたのことを職場にばらすようなこともしない。俺からも念のため釘《くぎ》は刺しておくが、そこだけは安心してくれ。それに、見た目ほど扱いにくい人でもないぞ。多趣味だしフットワークも軽い」

「え、そうなんですか？」

金蔵の顔を思い出し、難しい顔で日がな一日碁盤《ごばん》の前に座っていそうなイメージだったと告げると、「囲碁《いご》もするけどな」と苦笑された。

「囲碁だったら、空き時間にネット対戦なんてしてる」

「えっ、凄い！　うちの祖母なんてスマホもろくに使えないのに……！」

「年のわりにいろいろ知ってる方だ。俺もシガーバーは祖父から教わった。子供の頃はよく映画も見せてもらったな。たまに実家で顔を合わせると、一緒にレンタルビデオ屋に行くこともあった。今は配信されてるものをよく見てる。映画なら新旧なんでも見るが、特に古い洋画が好きらしい。上手く会話にならないなら、その辺から懐柔《かいじゅう》してみたらどうだ？」

祖父のことを語る黒川はいつになく口数が多い。懐かしそうに目を細めたその横顔を見て、案外黒川と祖父は仲がいいことを知った。父親だけでなく祖父もあまり実家に寄りつかず、子供の頃は一人で過ごすことが多かったと聞いていたが、だからといって家族から全く愛情をかけてもらっていなかったというわけでもないようだ。

（黒川さんにきちんとした挨拶や箸遣《はしづか》いを教えてくれた人たちだものな……）

思えば黒川だって、信彦がゲイだと知ってもそれを周りに言いふらしたりはしなかった。他人のプライベートを暴《あば》いて、面白半分に周囲に晒《さら》したりはしない。そうあるべく家族に育てられてきたのだろう。

ふと、今朝職場に向かう途中に利用者から届いたメールを思い出した。マッチング相手の親と上手くやっていける自信がない。それに対して自分は、結婚は相手とだけで完結するものではなく、その家族とも関係を作っていくものだと返したはずだ。

担当した利用者にもう何十回となく同じように回答していたはずなのに、自分のこととなるとやはり勝手が違う。視野が狭くなっていたことを自覚して天を仰《あお》いだ。

「……俺も、黒川さんのお祖父さんを信じてみます」

相手は黒川の家族だ。恐れず自分も信じてみよう。

気を抜くと悪いことばかり考えてしまう気弱な自分を蹴《け》り飛ばし、黒川を見詰め返す。信彦の表情が変わったことに気づいたのか、こちらを見る黒川の目が微《かす》かに緩んだ。

「祖父が結婚相談所に行ったのは十中八九あんたに興味を持ったからだろうが、もしかすると本気で再婚相手を探してるのかもしれない。そのときは、くれぐれもよろしく頼む」

黒川に頭を下げられ、信彦も力強く頷く。次回の面談ではマッチング相手を紹介することになる。それまでに金蔵のお眼鏡に適《かな》うような相手を探しておかなければ。早速仕事のことを考え始めたところで、黒川が信彦の髪に鼻先を埋《うず》めてきた。

どきりとして思考が途切れる。大きな男に甘えるような仕草をされるとときめいてしまって、真面目に仕事のことを考えるのが難しくなった。

ちらりと時計を見れば、もうすっかり夜も遅い。黒川だって仕事帰りで疲れているだろうし、そろそろ帰らなければと思うのに、強く抱き寄せられるとなかなか暇乞《いとまご》いができない。時計から目を逸《そ》らし、あと十分、と胸の内で呟いて自ら黒川の肩に頭を預けた。

「俺、恋人の家族に紹介してもらうことなんて一生ないんだろうなって思ってました」

「嫌だったか？」

黒川に指先で髪を梳かれるのが気持ちよく、いいえ、と夢見心地で答える。

「むしろ憧れがあったのかもしれないって、今になって自覚しました。よくよく考えたら、姉の結婚式だっていいなぁって思いながら眺めてましたし。俺、思ったより周りの人に恋人を自慢したいタイプなのかもしれません」

「俺でよければいくらでも自慢してくれて構わないぞ」

自慢できるところがあればな、なんて苦笑交じりにつけ足す黒川は、自分の魅力を正しく理解していないのかもしれない。けれどきちんと伝えて自覚させたら、今度はライバルが増えそうで心配だ。黙っていようか教えようか、迷っていたら膝に投げ出していた手を取られた。

「せめて指輪でも買うか？」

左手の薬指を撫でられ、信彦は弾かれたように顔を上げた。

黒川は穏やかに笑ってこちらを見ている。その顔を見たら、黒川に触れられている指先に痺《しび》れが走った。一瞬で全身に広がったそれは、歓喜の痺れだ。

「ふ、二人で一緒につけるやつ……ですか？」

「そうじゃなかったら意味がないだろう」

黒川がふっと苦笑をこぼす。柔らかな表情に、忙《せわ》しなく脈打っていた心臓が締めつけられて息が苦しくなった。

揃いの指輪を左手につければ、自分だけでなく黒川だってパートナーがいると公言したも同然になる。それでも構わないと思ってくれたのが嬉しくて、口元にじわじわと笑みが浮かんだ。

黒川の左手薬指に、自分と揃いの指輪が光る様を想像する。もちろん、自分の指先にも。

次の瞬間、ふっと信彦の顔から笑みが引いた。

（もしも俺が、指輪をしていたら……）

当然、周囲は目ざとくそれに気づくだろう。職場の人間や担当している利用者、実家の家族に見られでもしたら、相手はどんな人物だとあれこれ詮索されるのは間違いない。

自分がゲイだと周囲に打ち明けていない以上、恋愛関係の話題にはあまり触れてほしくないのが本音だ。指輪は確実にその手の話題の呼び水になる。

黙り込んだ信彦の表情に気づいたのか、黒川が信彦の左手から手を離した。

「いや、聞かなかったことにしてくれ」

手と一緒に心まで離れてしまったようでぎくりとした。決して指輪が嫌だったわけではないのだと慌てて弁解しようとしたら、左手から離れた手で顎を摑まれる。上向かされ、黒川の表情を確認する暇もなくキスをされた。

唇はすぐに離れ、鼻先がぶつかる距離から顔を覗き込まれる。見上げた顔は仏頂面《ぶっちょうづら》だが、これが黒川の地顔《じがお》だ。別段怒っているようにも見えない。現に信彦の頬を撫でる手つきは優しかった。

「指輪はまずいか？」

囁く声は甘くて、機嫌を損《そこ》ねたわけではないようだとほっとする。

「ゆ、指輪をつけていたら、恋人ができたのかと周りから訊かれそうで……とっさに上手く答えられる自信も、ないので」

「なるほどな。俺の周りには現場のオッサンしかいないし、指輪をつけたところであれこれ詮索されるわけもないが、あんたは違うか」

言葉の終わりに、もう一度柔らかく唇を重ねられた。低い声はどんどん甘くなって、耳まで溶かされそうだ。

「俺は周りにどう見られるか頓着《とんちゃく》しないからな。あんたが何を気にしてるんだかよくわからんことがたまにある。嫌がることはしたくないから、都度《つど》指摘してくれ」

唇を押しつけるようなキスを繰り返され、たまらなくなって黒川の首に腕を回した。こちらを気遣ってくれる気持ちが嬉しくて、自分からもキスを返して囁く。

「……黒川さん、変わりましたね。最初はそんなにいろいろ喋ってくれなかったのに」

「あんたに言われたからな。会話は大事だ、相互理解は会話からしか生まれないって」

実践してるだけだ、と吐息だけで囁いて、黒川がしっかりと信彦の腰を抱き寄せてくる。キスが深まる予感に、信彦は背筋を震わせてゆっくりと目を閉じた。

結婚相談所に入会した金蔵《きんぞう》は、毎週土曜日に面談に来るようになった。毎度黒っぽい着物姿で現れて、所内では「ちょっと雰囲気のあるおじいちゃん」と噂になっている。

（おじいちゃんなんて可愛いもんじゃない気もするけど……）

相談所の二階、パーテーションで仕切られた面談室で金蔵と向かい合う信彦《のぶひこ》は、金蔵の鋭い眼光から目を背《そむ》けてしまわぬよういつも必死だ。

「マッチング相手の資料をお持ちしました」

なるべく自然な笑顔を保ち、金蔵に利用者の個人情報が書かれた資料を手渡す。しかし金蔵はざっと流し読みしただけで「若すぎる」と言い放ち、資料をテーブルに戻してしまった。

「死んだ女房は年下だったし、再婚相手も年下がいいとは言ったが、さすがに若すぎだ」

「具体的には、何歳から何歳までのお相手をご希望ですか？」

できるだけ柔らかな口調で尋ねてみたが、そんなことまで言わないとわからないのか、とでも言いたげに眉を寄せられてしまった。強面《こわもて》というなら黒川《くろかわ》も似たり寄ったりだが、金蔵は黒川より圧倒的に口数が少ないので緊張する。押し黙られると、機嫌を損《そこ》ねたかとひやひやすることも多かった。

「……親子ほど年が離れてちゃさすがに話が合わねぇだろう」

「でしたら、七十歳以上の方に絞《しぼ》ってみましょうか」

信彦の提案にも、金蔵はいいとも悪いとも返さない。察しろ、と言いたげに黙り込む。

（出会った頃の黒川さんの方がまだマシだったかもしれない……）

なんとか笑顔を保ってはいるが、気を抜くと口元が引きつってしまいそうだ。

相談所で金蔵と会うのは今日で三回目。初回は入会手続きと軽い挨拶《あいさつ》で終わってしまったので、本格的な面談は今回が二回目になる。この時点でわかったことは、金蔵の結婚観が昭和からほとんどアップデートされていないということだ。

もう三十年以上も前に亡くなったという金蔵の妻は、随分と古風な人柄であったらしい。仕事から帰った金蔵を三つ指ついて出迎え、いつも金蔵の三歩後ろを控えめに歩き、家事と育児は夫に頼らず一人でこなす、そんな人だ。金蔵も妻はそれくらいするのが当然と思っている節《ふし》があるようで、「再婚相手も妻と同じ気質の人物を望む」と言われた。

それは伴侶というよりお手伝いさんでは、と喉元《のどもと》まで出かかったが呑み込んだ。

金蔵の希望する世代の女性は、初婚よりも再婚が圧倒的に多い。しかも離婚や死別を踏み越え、よりよい人生を謳歌《おうか》しようと結婚相談所にやって来る女性がほとんどだ。金蔵の考え方を素直に呑み込んで従ってくれる相手は少ないだろう。だが、それを信彦から伝えたとして、金蔵が受け入れてくれるかどうか。

金蔵も結婚相談所を利用するのは初めてだというし、実際に何度かマッチングをして現実を見てもらうしかない。こっそり溜息をついたところで、金蔵が前触れもなく口を開いた。

「前時代的《ぜんじだいてき》だとでも言いたいんだろう？」

ぎくりと肩を強張《こわば》らせた信彦を見て、金蔵は唇の端を持ち上げるようにして笑う。敢えて口にされなくても、信彦の言いたいことは察しているらしい。察した上であの発言か。

金蔵は大儀《たいぎ》そうに椅子の背に凭《もた》れ「あんたの言い分はわかる」としゃがれ声で言った。

「でも実際のところ、仕事に全力を傾けようと思ったら伴侶のサポートは絶対に必要だ。日本の企業はそういう雇用《こよう》形態になっちまってるからな。少しでも利益を出すために人件費をぎりぎりまで切り詰めて、いつだって圧倒的に人手が足りねぇ。一人がこなす仕事は増える一方だ。経営者だって社員の私生活を犠牲にしている自覚はあるが、そうでもしないと競合他社《きょうごうたしゃ》に食われちまう」

再婚相手の希望について尋ねたときはあれほど口が重かったのに、仕事の話になった途端に饒舌《じょうぜつ》になった。言葉にやけに実感がこもっているのは、金蔵自身が黒川建築という大きな会社の会長など勤めているせいか。

うかうかしていると言いくるめられそうで、無理やり口を開いた。

「でも、世の中は確実に変わってきていますから」

「だろうな。だが過渡期《かとき》の今を生きてる限り、男が働いて女が家を守るやり方は変えられねぇよ。少なくともあんたたち世代はまだ俺たちのやりかたを踏襲《とうしゅう》せざるを得ないはずだ。だから俺も、孫の連れ合いには家の一切を取り仕切ってくれる相手が望ましいと思ってる。ふさわしい伴侶は必要だ」

前触れもなく黒川の話題が飛び出して息を呑んだ。結婚相談所で金蔵が黒川の話題に触れたのはこれが初めてだ。挙句《あげく》、「ふさわしい伴侶」ときた。黒川の恋人である信彦を前に、どんな意図でその言葉を口にしたのだろう。

声を詰まらせた信彦から金蔵は目を逸《そ》らすことなく、テーブルに投げ出された資料を指先で叩いた。

「そういうわけで、新しい相手を見繕《みつくろ》い直してくれ」

低い声は津波が押し寄せてくるような迫力がある。うっかり頷いてしまいそうになったが、金蔵からはマッチング相手に対する具体的な要望をまだ聞き出せていない。

「他の方を探すにしても、もう少し詳しくお話を聞かせていただかないと……」

緊張を押し隠して尋ねると、「ああ?」と凄《すご》むような声で返された。黒川でさえ出さなかった柄《がら》の悪い声に驚いて目を丸くする。

声を失った信彦を見て、金蔵は片方の眉を吊り上げた。

「なんだって?」

「いえ、あの、もう少し詳しく、話を……」

「話ならもう、十分しただろうが」

自《みずか》ら水を向けておきながら、これ以上話すことはないとばかり金蔵は口をつぐんでしまう。

胸の前で固く腕を組むその姿は、信彦からの提案をすべて拒否しているようにしか見えなかった。

頑《かたく》なその態度に、信彦の胸にじわりと疑念が広がる。

(……もしかしてこの人、本気で再婚する気なんてないんじゃないか?)

わざわざ信彦を担当者に指名してきたわりに、金蔵の態度はあまりに非協力的だ。思えば本格的な面談に入る前の段階から、信彦の質問にまともに答えてくれなかった。

再婚相手を探すのが目的でないのなら、金蔵がここにやってきた理由など一つしか考えられない。

(俺が黒川さんの恋人にふさわしいか、見定めるために……?)

大事な孫が同性の恋人など紹介してきたとなれば、どんな相手か探りたくなるその心情は理解できる。

信彦はそっと金蔵の表情を窺う。金蔵は相変わらず信彦の顔ばかり見て、テーブルに取り残された資料には目もくれようとしない。関心ごとの中心は、やはり再婚相手ではなく孫の恋人なのか。

(見定めて、どうするんだろう?)

現時点では、金蔵も表立って信彦たちの仲を裂こうとしているわけではなさそうだが、今後の自分の応対によってはどう行動を変えるかわからない。少なくとも、金蔵の心証《しんしょう》を悪くするのは得策ではなさそうだ。

「そう言えばあんた、デートの採点をしてくれるんだってな?」

考え込んでいたら、出し抜けに金蔵から声をかけられた。

「正人《まさと》が言ってたぞ。あんたになんだか採点をされたって」

「……あ、デートの予行練習ですか？　そうですね、実際のデートコースを一緒に回らせていただいたことはありますが」

「それは俺もやってもらえるのか？」

「え、それは――」

まだマッチング相手も決まっていないのに、デートの予行練習なんて先走りすぎだ。具体的な相手もいないのにどんなデートをすべきかなんてアドバイスをすることも難しい。

そう説明しようと口を開きかけ、直前で言葉を呑んだ。

金蔵が本気で再婚相手を探しているかどうかもわからないのであれば、くどくどしいことを言うよりも、大人しく要望に従った方がことはスムーズに進むかもしれない。それに黒川のデートは採点したのに、金蔵のデートの採点は断るというのもおかしな話だ。利用者に差をつけるのかと言われても困る。

迷ったのは一瞬で、信彦は素早く営業用の笑みを浮かべた。

「もちろん、誠心誠意アドバイスさせていただきます」

「そうか。だったら早速《さっそく》この後つき合ってくれ。そろそろ終業時間だろう？」

笑顔のまま硬直する。確かにもうすぐ営業時間は終了するし、今日の面談は金蔵が最後だ。

それでも「行きます」と即答できなかったのは、今日は仕事帰りに黒川と会う約束をしていたからだ。今朝、珍しく早い時間に黒川からメールが来て、夕食を食べた後映画のレイトショーでも見に行かないかと誘われていた。明日は信彦も仕事だし、無理はしなくていいとも書き添えてあったが、嬉しくて一も二もなく了承していたのに。

即答できない信彦を眺め、金蔵は淡々と続ける。

「今日は面談時間も短かったし、もう少しゆっくり話がしたかったんだがな」

そう言われると返す言葉に詰まってしまう。実を言うと、金蔵の前の利用者との面談時間が押してしまい、当初一時間の予定だった金蔵との面談時間が少し短くなってしまったのだ。信彦も時間は気にしていたのだが、利用者に泣きつかれては無理やり話を切り上げることなどできなかった。

（なんてことは、言い訳だな……）

時間内で面談を終わらせられなかったのは、手早く相手の話を汲《く》み取ることができなかった自分の責任だ。

黒川の顔が脳裏《のうり》をよぎる。これから金蔵のデートにつき合ったとして、解散は何時になるだろう。上手くすれば、食事は無理でもレイトショーには間に合うかもしれない。

黒川との約束を反故《ほご》にしてしまうのは胸が痛んだが、これも金蔵に悪印象を与えないため、ひいては今後の黒川との仲を邪魔されないためだ。

「わかりました。面談が終わりましたらロビーでお待ちください。すぐに準備をしてまいりますので、その間に黒川さんはデートのプランなど考えておいていただけますか?」

「ああ、実際あんたも店につき合ってくれるんだよな?」

覚悟を決め、「もちろんです」と信彦は頷く。

「助かる。お手並み拝見といこう」

その言葉は、ほとんど宣戦布告のように信彦の耳に響いた。


結婚相談所を出る前に、信彦は急ぎ黒川にメールを送った。まずは急な仕事が入って食事に行けなくなったことを詫《わ》び、間に合えば一緒に映画に行きたいと送る。

『わかった。無理するな』とすぐに返信があって、申し訳なさに胸を押しつぶされそうになりながら金蔵と相談所を出た。

金蔵の提案するデートコースをあれこれ回り、面談室にいるときより多少口数の増えた金蔵の言葉に耳を傾け、飲食店で料理の感想などを求められれば丁寧に答えた。金蔵は終始仏頂《ぶっちょう》面《づら》でにこりともしなかったが、途中で「もういい」と信彦を放り出すこともなかった。

日付も変わる頃、ようやく金蔵と別れた信彦はふらふらと黒川のマンションを訪ねた。黒川と約束していたレイトショーはとうに終わっていたが、どうしても直接謝罪をしておきたかったからだ。

エントランスでオートロックを開けてもらい、エレベーターに乗って黒川の部屋の前へ。今日も黒川は、信彦がチャイムを押す前に玄関のドアを開けてくれた。

「今日は本当に申し訳ありませんでした。せっかく誘ってもらったのに」

靴を脱ぐのもそこそこに玄関先で頭を下げると、頭に黒川の手が置かれた。

「こっちこそ急な誘いで悪かった。あんたも仕事で忙しいんだし、無理するな」

ぐりぐりと頭を撫でられ、なんだか泣きたくなった。朝から楽しみにしていたデートがふいになったのだ。黒川もさぞかしがっかりしただろうと思ったが、見上げた顔は普段通りの無表情で、落胆の影も潜《ひそ》んでいない。いっそ信彦が拍子《ひょうし》抜《ぬ》けするほど凪《な》いだ顔だ。

「それより、急な仕事がどうとか言ってたが何かトラブルでもあったか？　また妙な客に絡《から》まれたんじゃないだろうな？」

黒川はデートの件を「それより」の一言で片づけてしまう。もう少しきちんと謝罪をさせてもらいたかったような気もしたが、信彦は小さく首を横に振った。

「実はさっきまで、黒川さんのお祖父さんと一緒だったんです……」

予想外の回答だったのか、黒川から反応が返ってくるまでに少し時間がかかった。

「祖父と？　こんな時間までか？　ずっと？」

口早にまくし立て、「ちょっと上がってけ」と黒川は信彦を部屋に引っ張り込んだ。

室内には相変わらず煙草の匂いが漂っている。もう部屋に染みついているのだろう。今日はその匂いに、薄くコーヒーの匂いが混じっていた。

目を転じると、テレビの前のローテーブルにマグカップと映画のDVDパッケージが置かれていた。つけっぱなしのテレビには映画のキャプチャー画面が映っていて、黒川が帰宅してから一人で映画を見ていたのだと知れた。信彦と映画を見られなくなった代わりだろうか。

「……すみません、今日はせっかく映画に誘ってもらったのに」

ソファーの傍《かたわ》らで立ち止まり、信彦はもう一度黒川に頭を下げる。信彦も楽しみにしていただけに残念だ。申し訳なさと落胆が入り混じって肩を落とすと、黒川に軽く背中を叩かれた。

「古い映画のリバイバル上映をやってたんだ。祖父が好きな洋画だし、話の接《つ》ぎ穂《ほ》になればと思ったんだが」

「そうだったんですか……」

「俺もよく祖父と一緒に見た。子供の頃、映画を見ながら祖父によく言われたのは……」

そこまで言ったところで、信彦がげっそりした顔をしていることに気づいたらしい。黒川は明らかに何か言いかけていたが「コーヒーでも淹《い》れてくる」と言って話を切り上げ、信彦をソファーに座らせキッチンへ向かった。

コートを脱ぐ気力もなくぐったりとソファーに座り込むと、すぐに黒川がマグカップを二つ持って戻ってきた。黒川と隣り合ってソファーに座り、温かなコーヒーを一口飲んでようやく息をつく。

「さっきまで、黒川さんのお祖父さんのデートを採点してたんです」

「どこに行ったんだ？」

「少し値の張る焼き肉屋さんでご飯を食べた後、ダーツバーに」

孫の黒川が高級寿司屋の後にシガーバーへ向かったことを思うと、年の割にカジュアルな店選びだった。バーで一杯だけアルコールを飲んだ後に連れられていったのは、レトロな雰囲気の喫茶店だ。最後はコーヒーで締める辺りに、祖父と孫のちょっとした共通点が見える。

「かなり長々と連れ回されたみたいだな」

「そうですね……。それに黒川さんのお祖父さん、ほとんど会話に乗ってきてくれないので、実際の時間よりずっと長く感じました……」

ああ、と黒川が溜息交じりの声を上げる。

「あまり口数の多い人じゃないしな」

「会話の最中、不機嫌そうな声で『ああ？』って訊き返されるたびに、妙なことでも言ってしまったのかとひやひやして……」

「それは単純によく聞こえなかっただけじゃないか？」

そうだったのだろうか。デートの最中は金蔵の機嫌を損ねたのではとびくびくしてばかりで、冷静に判断することができなかった。こんな気疲れを覚えたのは初めてかもしれない。

深々と溜息をつくと、労《ねぎら》うように肩を叩かれた。

「そこまでぐったりするくらいなら、途中で適当に切り上げたらよかっただろう」

軽い口調で言われ、「まさか!」と信彦は目を見開いた。

「そういうわけにはいきませんよ、相手は黒川さんのお祖父さんなんですから!」

もともと金蔵とのやり取りには慎重になっていた信彦だが、金蔵の目的が婚活ではなく自分を見定めることだという可能性が浮上してからはますます受け答えに神経を使うようになった。

黒川とのレイトショーも泣く泣く棒に振って金蔵のデートにつき合ったが、果たして自分の言動は金蔵の目にどう映っただろう。金蔵の顔は終始仏頂面で、会話だって一方的に信彦が喋《しゃべ》るばかりでほとんど弾《はず》まなかったのでよくわからない。

さすがに疲れて項垂《うなだ》れると、ぽんぽんと黒川に頭を叩かれた。

「だいぶ振り回されてるな」

「ご本人はこちらを振り回している気もないんでしょうが……」

「だろうな。まあ、あんたの気が済むまでやったらいい」

頭を撫でる手に甘え、黒川の肩に凭《もた》れようとして動きを止めた。

黒川の口調は呆れも苛立《いらだ》ちも含んでいなかったが、淡々とした言葉になんだか突き放されたような気がしてしまって、傾けかけていた体をまっすぐ起こす。

信彦が金蔵に多くの時間を費やそうとするのは、黒川の恋人として金蔵に認めてほしいからだ。万が一にも邪魔など入ってほしくない。だからこそプライベートの時間を使ってまで金蔵に応対していたのだが、伝わらなかったのだろうか。

（家族に認めてもらえるように一緒に頑張ろう、みたいな感じではないんだな……）

黒川に凭れかかる代わりに、ソファーの背凭れに深く身を倒した。

雨に打たれたわけでもないのに、コートが冷たい水でも吸いこんだように急に重たくなる。

こうして二人でソファーに隣り合って座り、視線はなんとなくテレビの方に向いているが、実はお互い全く違う方向を向いていたことに気づいてしまったような、そんな淋しさを覚えた。

テレビはＤＶＤのキャプチャー画面を映したままだ。黒川が見ていた映画はどんな内容だったのだろう。尋ねようにも口が重い。黒川が興味を持って見ていた映画に、自分も興味を持てるかふいに自信が持てなくなった。

脱力する信彦の肩を、黒川が優しく叩く。

「急にデートにつき合わされたのは災難だったが、あんたのことだから祖父のデートにあれこれ駄目出ししてやったんだろう？」

ぼんやりと画面を眺めていたせいで反応が遅れた。瞬《まばた》きをして、鈍い表情で黒川を仰《あお》ぐ。

「あんた、俺相手にも偉い剣幕で怒ってたもんな？」

自分が信彦にデートを採点してもらうことになった顛末《てんまつ》でも思い出しているのか、おかしそうに笑う黒川から、信彦はぎこちなく目を逸《そ》らした。

「今回は、駄目出しの類《たぐい》は、特に……」

「してないのか?」

「なんだかんだ焼肉は美味《おい》しかったですし、ダーツバーも雰囲気がよかったので、つい……」

「焼き肉屋なんて、祖父と同年代の女性に喜ばれるとも思えないが」

「ええ、まあ……そうなんですが」

かつて身勝手なデートでマッチング相手を振り回し、結婚相談所の所員たちから「どう足掻《あが》いても二回目のデートに進めない男」なんて不名誉なあだ名をつけられていたとは思えないくらい、今回の黒川の言い分は正しい。

金蔵が連れていってくれた店はどこも適度に騒がしく、初デートで相手に不要な緊張を強《し》いずに済みそうないい店ばかりだった。だが、金蔵と同年代の女性を連れていくのなら、全体的にもう少し落ち着いた雰囲気の店を選んでもいいかもしれない。そうは思ったが、言えなかった。下手なことを言って金蔵の機嫌を損ねたくなかったからだ。

そもそも金蔵が本気で再婚相手を探しているのかどうかすらよくわからないのだ。信彦を品定めすることが目的なのだとしたら、敢えてきつい物言いをする必要もないのではないかと迷ってしまって、何ひとつアドバイスらしいことが言えなかった。

歯切れの悪い信彦の物言いに気づいたのか、信彦の髪を撫でていた黒川の手が止まった。眉を顰《ひそ》めた黒川が、こちらの顔を覗き込んでくる。

「それじゃあ今回は、ただ祖父と一緒に飯を食っただけか?　あんたらしくもない」

「それは、でも」

「そんな無意味なことに時間を割《さ》いてんのか。こっちはあんたが熱心に仕事をしてると思ってたから好きにやらせてたんだ。それなのに……」

黒川の言葉が終わらぬうちに、「無意味?」と鋭い声で割って入っていた。

信彦だって、今日の出来事が徒労《とろう》に終わった自覚はある。金蔵の機嫌を損ねたくなくて必要な言葉を呑み込んでしまった自覚だって。

だとしても、黒川にだけはそんなふうに言ってほしくなかった。黒川と一緒にいるためにどうすればいいか必死で考えたことまで、丸ごと無意味と言われたような気がしてしまう。

「……そうですね。相手が黒川さんのお祖父さんでなければ、俺だってこんなに無意味なことをせずに済んだかもしれません」

信彦の声が一気に低くなったのに気づいたのか、黒川が眉を上げる。

「前も言ったが、祖父はケチな嫌がらせはしてこない。普段通りに振る舞えば……」

「そういうことを心配してるわけじゃないんです!」

もどかしくてつい声が高くなる。少なくとも今日は、保身のことなど考えていなかった。

孫にふさわしい伴侶を、などと金蔵に言われ、その理想からかけ離れた自分は焦燥《しょうそう》を募《つの》らせるばかりだ。

何か言いかけた黒川を遮《さえぎ》り、信彦は声を荒らげた。

「貴方《あなた》が何もしてくれないから俺がフォローするしかないんじゃないですか！　俺たち二人のことなのに、他人事《ひとごと》みたいに……！」

何か言いかけていた黒川が、静かに唇を閉じる。激昂《げっこう》する信彦とは対照的に無表情で見詰められ、かぁっと頬が熱くなった。自分ばかり大きな声を上げて、馬鹿みたいだ。

黒川との関係に少しの影も差してほしくなかったから必死になっていたというのに、黒川は同じように必死になってくれない。家族に反対されて泣く泣く別れる恋人なんて珍しくもないのに、その状況をどうにか回避しようとする姿勢すら見えない。

きっと今日の信彦とのデートだって、中止になってもさほど気にもしなかったのだろう。映画館で見られないならとDVDを用意して、一人で気ままに鑑賞していたくらいだ。金蔵と一緒にいる間ちらちらと時計を気にして、間に合わなかったと肩を落としていたのは自分だけだ。

互いの温度差が際立ったようで居《い》た堪《たま》れなくなり、信彦は勢いよくソファーから立ち上がった。

「……帰ります。夜分遅くにお邪魔して、すみませんでした」

押し殺した声で言って、黒川の方を見もせず玄関に向かった。コートの裾《すそ》を翻《ひるがえ》し、足元をろくに見もせず革靴に足を突っ込んで玄関を出る。

「信彦」

背後で玄関の扉が閉まる直前、信彦を呼び止める黒川の声がした。

思わず振り返ったが、同時にバタンと扉は閉まってしまう。しばらくその場に立っていたが、黒川が部屋の外に出てくる気配はない。

呼び止めてほしいと思う自分の願望が生んだ空耳だろうか。ドアノブに手を伸ばしかけ、慌てて引っ込めた。もしもドアを開けた先に誰もいなかったら、黒川が追いかけて来てもくれなかったら——想像しただけで体が震えた。

黒川は玄関先まで来てもいないのに、いつかドアが開くのではと期待して足踏みするのはさすがに惨《みじ》めすぎる。もう一度ドアを開ける勇気もなく、信彦は踵《きびす》を返してその場を離れた。

黒川《くろかわ》のマンションを飛び出してから三日が経《た》った。その間、黒川からの連絡は一度もない。

こういう状況を信彦《のぶひこ》はよく知っていた。馴染み深いと言ってもいい。

(このまま音信不通になって自然消滅するか、こっちから連絡した途端別れ話を切り出されるかどっちかのやつだ……)

仕事が休みなのをいいことに、もう昼過ぎだというのにベッドに潜《もぐ》り込んで信彦はごろごろと寝返りを打つ。食事どころか着替えもせず、たまに携帯電話を取り出しては溜息をつくばかりだ。黒川からの着信はないし、こちらから連絡するだけの勇気もない。

(……あれは言いすぎた)

自覚があるだけに、思い出すと居た堪れない気分になる。

（ただでさえ黒川さんの誘いをドタキャンしたのにあんな言い草……。俺ばっかり必死になってるのが馬鹿みたいで、つい……。でも黒川さんの言い分も間違ってはないんだよな、俺も金《きん》蔵《ぞう》さん相手に日和《ひよ》っちゃったし……。だとしても、無意味はさすがにひどいんじゃないか？）

落ち込んで、反省して、少しだけ腹を立てた後また落ち込んで、そんなループを繰り返して貴重な休日が溶けていく。

ぐるぐると同じことを考えているくらいなら、思いきってこちらから連絡をして謝ってしまえばいい。そうとわかっていても実行できないのは、歴代の恋人たちの顔が脳裏《のうり》にちらつくからだ。振り返れば、ケンカをしたらそれっきりになることの方が圧倒的に多かった。かつての恋人たちは揃って一人の相手に拘泥《こうでい》するタイプではなかったからだ。

（……そもそも詐欺師《さぎし》とかマルチの勧誘と勘違いされることが多かったしな）

悪い記憶ばかり蘇《よみがえ》り、なかなか行動を起こすことができない。携帯電話を枕元に放り投げ、布団をかぶったところで室内に着信音が響き渡った。

信彦は勢いよく寝返りを打つと、ビーチフラッグスの選手も目を瞠《みは》る素早さで携帯電話を取り上げる。息を詰めて画面を確認し、ふっと息を抜いた。そこに表示されていたのは黒川の名前ではなく、信彦の姉の名だ。

「……もしもし？」

『もしもーし。今大丈夫？　うちの息子があんたとお喋《しゃべ》りしたいって言うからちょっと相手してもらっていい？』

落胆を隠し、もちろん、となるべく明るい声で返すと、電話口に甥《おい》っ子が出た。

『もしもし、おじちゃん？　聞こえる？』

「うん、聞こえるよ。あれ、保育園はどうしたの？」

『お熱出たから、お休み』

熱を出して休んだわりに、甥っ子の声は元気そうだ。すでに体調が回復して、暇を持て余していたのかもしれない。

正月はずっと信彦が遊び相手になっていたので、甥もすっかり懐《なつ》いてくれたらしい。保育園のことや友達のこと、大好きな絵本に今日のおやつと、行きつ戻りつしながら取りとめのない話をしてくれる。

風鈴《ふうりん》の音に耳を傾けるように相槌《あいづち》を打っていたら、しばらくして『やだ、まだ電話してたの？』という姉の声が聞こえた。

『もしもし、信彦？　ごめんね、長いこと相手させて。どうしてもあんたと話がしたいって聞かないから……』

「いいよ、俺も今日は休みだし」

『助かるわー。お祖母《ばあ》ちゃんもお母さんも出かけちゃって、構ってくれる人がいないからってぐずっちゃってね。おかげでちょっと落ち着いたみたい』

少し前まで、姪《めい》っ子も一緒にぐずぐずと泣いて大変だったそうだ。姪は信彦と甥が電話をしている間にようやく寝ついて、甥っ子も信彦に話を聞いてもらえて気が済んだのか、今は傍《かたわ》らで絵本を読んでいるという。

お疲れさま、と声をかけると『あんたほどじゃないわよ』と返された。

『声、すっごく疲れてるけど大丈夫？』

毎度のことながら姉には隠し事ができない。言いよどんでいると、電話の向こうからバリッという軽快な音が響いてきた。電話をしながらせんべいでも食べているらしい。バリバリと音を立ててせんべいを食べながら、気負いもなく姉は言う。

『愚痴《ぐち》があるなら聞いてあげる。息子の話し相手になってくれたお礼』

ズズッとお茶を飲む音まで聞こえてきて気が抜けた。信彦はのそのそとベッドに起き上がると、小さな溜息とともに「実は……」と切り出す。

実家に戻ったときは恋人がいると姉に打ち明けられずじまいだったので、黒川と口論をしてしまったことは言い出せない。代わりに金蔵のことをぽつぽつと打ち明けた。こちらも恋人の身内とは言えないので、ご高齢の利用者とだけ伝えておく。

利用者との距離感に迷って、応対を失敗した。そんなふうに話をまとめると、電話の向こうから『なるほどねぇ』という声が上がった。

『接客業は大変だ。いろんなお客さんの相手をしないといけないんだから。今回だって、別にあんたのやり方が間違ってたわけでもないんじゃない？　他のお客さんに同じことしたら上手くいくことだってあるかもよ』

「……そうかな」

『そうだって。全力でやって上手くいかないなら仕方ないよ。気持ちを切り替えていきな。あんたのことだから最善《さいぜん》は尽くしたんでしょ？』

信彦が返事をする前に、電話の向こうで微《かす》かな泣き声がした。姪の声だ。

『あら、もう起きちゃった。じゃあまたね、あんまり落ち込みすぎないでよ』

姪の泣き声が大きくなって、慌ただしく電話が切れる。

信彦は耳元から携帯電話を離すと、のろのろと画面を覗き込む。ふっと明かりが落ちて、真っ黒な画面に自分の顔が映り込んだ。その呆然とした顔を見返して瞬《まばた》きをする。

最善は尽くしたんでしょ？　という姉の問いかけに、即答することができなかった。

家族は優しくて、ときどき厳しい。

当然最善を尽くしたのだろうと全面的に信彦を信用して、否応《いやおう》なく現実と対峙《たいじ》させる。

(俺は、最善を尽くせたかな)

金蔵とは結婚相談所で三回顔を合わせた。その合間に何度かメールでやり取りもした。デートを採点してほしいと言われれば二つ返事で了解したが、自分はなんのためにそれほど必死になっていたのだろう。

自分の仕事ぶりを金蔵に認めてほしかったのか。

あるいは黒川との仲を引き裂かれたくなかったか。

そのための最善を尽くすのが、自分の仕事だっただろうか。

信彦はゆっくりと携帯電話から顔を上げる。一日中布団に潜り込んで、すっかり狭くなっていた視界が瞬きのたびに開けていく。

これまでも信彦は、利用者のために自身のプライベートの時間を費やしてきた。それは相手の婚活を応援したかったからで、純粋に利用者のよき未来を祈っていたからだ。

でも今回はどうだ。自分は金蔵のために、本気でアドバイスをしていただろうか。

どうせ婚活なんて口実で、孫の恋人として信彦がふさわしいかどうか探りにきたのだろう。そうでなければ信彦を黒川から引き離すための口実を探しにきたのかもしれない。そんなふうに勘ぐって、金蔵の再婚相手をきちんと探していなかったのではないか。

——あんたらしくもない。

最後に会ったとき、黒川が口にした言葉が蘇る。

今になって、その通りだと痛感《つうかん》した。

理由はどうあれ、せっかく金蔵と飲み食いをしたのだから、食事の合間にどんな会話をすべきか、もしも目の前にいるのがマッチング相手だったらどういう気遣いをするべきか、それくらい金蔵に伝えておくべきだった。かつて黒川にそうしたように、相手と別れたらすぐさまお礼のメールを送るようにとか、そういうことも教えられたはずなのに。

結婚相談所のアドバイザーとして、金蔵に対する自分の態度はあまりにも中途半端だった。黒川だってそれを指摘しようとしたのではないか。

金蔵が結婚相談所に入会したと告げたとき、黒川は自分に頭を下げた。祖父は本当に再婚相手を探しているのかもしれない、そのときはくれぐれもよろしく頼む、と。

あの言葉に、自分はしっかりと頷いたのではなかったか。

信彦は両手で顔を覆《おお》い、掌《てのひら》の下で大きく息を吐く。肺にたまっていた空気をすっかり吐ききると、冷たい水で顔でも洗うように両手でごしごしと顔をこすり、下ろした手でぴしゃりと膝を叩いた。

（俺は、黒川さんのお祖父さんのために全力を尽くすべきだった。結婚相談所のアドバイザーとして）

金蔵が、どんな目的で結婚相談所に来たのかは知らない。もしかすると本気で再婚相手を探しているわけではないのかもしれない。

だとしても、それを迎える自分がアドバイザーである事実は変わらない。

結婚相談所を訪れる利用者に対し、アドバイザーがやるべきことはなんだ。放っておいても結婚できるような相手なら、そもそも結婚相談所になどやってこない。多少耳に痛いくらいの忠告をしなければ進展など望めないはずだ。それで自分が恨まれても嫌われても仕方ない。利用者が己を見詰め直すきっかけになれるのなら望むところだ。

そういうつもりで自分はずっと仕事をしてきたはずなのに。

(こんなの、アドバイザーの名折れだ)

もう一度強く膝を叩いて立ち上がる。

明日も休みを取る予定だったが、変更だ。土曜日には金蔵と面談の予定がある。

それまでに、やらなければいけないことは山ほどあった。

結婚相談所の二階には大きな窓があって、通りを歩く人の姿を見下ろすことができる。一月下旬、東京は一番の冷え込みで、今夜は粉雪がちらつくかもしれないと天気予報で言っていた。通りを歩く人たちも真冬の雀《すずめ》のように丸く着ぶくれている。

金蔵も、今日はマフラーを巻いてきた。着物も羽織《はおり》も真っ黒だが、マフラーだけは渋い臙脂《えんじ》色だ。面談室のテーブルに向かい合って座った信彦は「素敵なマフラーですね」と笑顔で声をかけたが、返事はなかった。余計な話は結構とでも言いたげな態度だ。

いつもなら慌てて会話を切り上げマッチング相手の資料を差し出すところだが、信彦は手元に資料を置いたまま金蔵に尋ねた。

「黒川さん、お見合いの席でもそうやってだんまりを決め込むつもりですか？　もう少しお話してくれないと、せっかくのマッチング相手が緊張してしまいますよ」

金蔵は信彦を一瞥《いちべつ》すると、ふん、と鼻から息を吐いた。

「俺にお喋りを求めてくるような相手なんぞ、そもそも望んでない」

「でしたら、黒川さんがそう思っていることを相手に伝えないといけませんね。お互い無駄な時間を使うことになってしまいますから。意思表示をするためにも、会話は大切です」

にっこりと笑って言い返せば、金蔵の眉が軽く跳ねた。

「……そういう相手を探してくるのがあんたの仕事だろう？」

「私はまだ『年下の女性』というご要望しか黒川さんからお聞きしておりません。もっと細かいご要望があるならそうお伝えいただけないと。マッチング相手に会う前に、私ともしっかり会話をしてもらわないと困りますね」

信彦の態度がこれまでと変わったことに気づいたのか、金蔵は訝《いぶか》しげに眉を寄せた。

「……いいからとっとと資料を見せろ」

金蔵が片手を差し出してきて、信彦は笑顔のままマッチング相手の資料を手渡す。

金蔵は受け取った資料にざっと目を通すと、ばさりとそれをテーブルに放った。

「駄目だな、ろくな相手がいない」

信彦はテーブルの上で手を組んでニコニコと笑う。何も言わずにいると、眉を寄せた金蔵に、

「何してんだ」とドスの効いた低い声で言われた。

「早く他の資料を持ってこい」

「その前に、今回のお相手のどこがお気に召さなかったのか、お一人お一人具体的に教えていただけますか？　黒川さんがどこに引っかかったのかがわからなければ、また何度でも同じような方の資料を持ってきてしまいますから」

信彦は資料を一枚手に取ると、相手の顔写真をきちんと金蔵の方に向けてテーブルの上に押し出した。

「もっと真面目に目を通していただかないことには、私からも何もアドバイスはできません」

金蔵の表情が忌々《いまいま》しげに歪《ゆが》む。それでも信彦は笑顔のまま、ゆったりとテーブルの上で手を組んだ。

「……俺が不真面目だとでも言いたいのか」

「そうですね。それだけたくさんの情報が書かれているのに、顔写真しか見ないのはさすがに横着《おうちゃく》しすぎでは、と思いますが。相手の方にも失礼ですし」

「顔を見りゃ大体わかる」

「会社でも、そうやって新入社員を選んでいらっしゃるんですか？」

思わぬ反撃だったのか、金蔵は軽く目を見開いて、唾《つば》を吐くようにハッと笑った。

「孫と添わせるなら、口答えをしない従順な相手がいいと思ってたんだがな」

金蔵の持つ手札の中で最大の脅《おど》しだろうそのセリフに、信彦は笑顔で頷いた。

「そうですか。ですが今はお孫さんではなく、貴方《あなた》の再婚相手を探している最中です。お孫さんのことより黒川さん自身のご要望をお聞かせ願えますか？」

「あんた、そんなこと言っていいのか？」

「もちろんじゃないですか。黒川さんこそ、こちらに何をしにいらっしゃったんです？　再婚相手をお探しならぜひご相談ください。そうではなく、私個人にご用があるなら場所を変えましょう」

あくまでも愛想《あいそ》よくにこにこと笑っていた信彦の目元から笑みが引く。

唇にわずかな笑みだけ残し、信彦はまっすぐ金蔵を見返した。

「ここは結婚相談所です。本気で再婚するつもりがないのなら、どうぞお引き取りを。こうして資料を揃えてくださった相手の方に迷惑です」

金蔵が初めて言葉を詰まらせた。皺《しわ》の刻まれた顔に痛いところを突かれたような表情が走る。

金蔵の反応を見て、自分は今まで職場で何をしていたのだろうと改めて反省した。本気で再婚する気があるのかないのか、本人も心が定まっていないのだとしたら、それをしっかり自覚させるのも自分の仕事だったのに。

金蔵は黒川の祖父である前に、この結婚相談所の利用者だ。相手の機嫌を取っている場合ではない。自分がやらなければいけないことは、金蔵の婚活を応援することだけだ。

「実際に相談してみて、やっぱり結婚や再婚を思い留まる方も珍しくないんですよ。具体的に想像して初めて、本気でそれを望んでいなかったと気がつくこともありますし」

信彦は表情を緩《ゆる》め「いかがでしょう」と金蔵に尋ねる。あくまで結婚は自由意志、無理強《むりじ》いしないのが鉄則だ。

金蔵はどこか面白くなさそうな顔で唇を引き結び、手元の資料に視線を落とした。

「……再婚をするつもりは、ある。ただ、相手が若すぎるだけだ」

再婚の意志はあると確認できてほっとした。ならばできる限りフォローをするだけだ。

信彦は身を乗り出して資料を指さす。

「若いとおっしゃいますが、全員七十歳以上ですよ。金蔵さんのご希望通りです」

「七十？　これがか？　全員もっと若いだろう」

「女性はいつも綺麗にしてらっしゃるんですよ。ほら、生年月日を見たらすぐわかるじゃないですか。この方なんて八十歳です」

「……見えないな」

ようやくまともにマッチング相手の資料を見始めた金蔵に、信彦は改めて理想の結婚相手について尋ねる。金蔵の要望は以前と変わらず、口答えせず黙々《もくもく》と家事をこなす大人しい女性というものだった。

「家事ならパートナーを頼るばかりでなく、家事代行サービスを利用することもできますが」

「妻も嫁もいないんじゃ仕方ねぇが、再婚するなら家に他人は入れたくない」

「黒川さん自身は家事を手伝うつもりはないんですか？　会長になって、少しお仕事は減ったとお聞きしましたが」

「家のことなんて男がするもんじゃねぇだろ」

「今の時代、その考え方は古いんじゃないですかね。男性は昔の価値観を引きずりますが、女性は日々情報をアップデートしてます。正直、黒川さんが望まれるような女性を見つけるのは難しいと思いますよ。今は夫婦がお互い働いて支え合うのが当たり前になりつつありますから」

受け入れがたいのか、心底嫌そうな顔で腕を組んだ金蔵に、信彦はこう続けた。

「ですから、難しいのを覚悟して理想のお相手を探してください」

金蔵の眉間《みけん》に刻まれていた皺が消えた。想定していたセリフと違ったのか、まじまじと信彦の顔を見返してくる。

「……俺の考え方を変えろって話じゃねぇのか？」

「できるものならそうしていただきたいところですが、黒川さんが求めるような方がいないわけでもありません。でもそういう方はライバルが多いです。黒川さんも、相手の方に選ばれるよう精一杯努力してください」

「俺が努力を？」

金蔵が頭を後ろにのけ反《ぞ》らせる。冗談だろう、とでも続きそうなその顔に「当然です」と笑顔で返した。

「黒川さんがお相手にあれこれ条件をおつけになるように、お相手にだって条件があります。選ぶ権利も、当然あります。黒川さんだけが選ぶ立場にあるわけではないんですよ。貴方もふるいにかけられるんです」

そんなことは考えもしなかったのか、あるいはわかっていたつもりで腹の底から理解はしていなかったのか、金蔵はむっつりと黙り込む。

こういう事実を突きつけられると、不必要に卑屈《ひくつ》になってしまう利用者もいる。金蔵に限ってそれはなさそうだが、信彦は他の利用者にそうするように笑顔で言いきった。

「お任せください、意中のお相手に選んでいただけるよう誠心誠意アドバイスさせていただきます。でも今の黒川さんのままでは難しいですよ。一緒に頑張りましょうね！」

言葉にしてみて思い出した。これが自分本来の仕事スタイルだ。利用者の年齢も肩書も関係なく、少しでも婚活の助けになるよう背中を押す。相手が年上だろうと企業の重役だろうと、恋人の親族だったとしても変わらない。遠慮して二の足なんて踏んでいる場合ではなかった。

「まずは今日お持ちしたマッチング相手について、思うところを正直にお聞かせください」

睨まれても動じることなく促《うなが》せば、金蔵も苦々《にがにが》しい顔をしながら再び資料を手にしてくれた。

「……この相手は駄目だ」

「理由を教えていただいても？」

「再婚後も娘夫婦と同居を希望してるんだろう」

「黒川さんは二人暮らしをお望みですか。ご夫婦のうち、どちらか介護が必要になったらどうします？」

「そんなことまで考えなきゃいけねぇのか」

「結婚はゴールではなく新生活のスタートですからね。二人でどんな生活をするのか、事前に詳しくシミュレートしておくのは大事だと思いますよ」

金蔵は溜息をついたものの、言葉を探すように指先で軽くこめかみを叩いた。

「息子の世話になるわけにはいかねぇし、かといって他人の家族の世話にもなりたくねぇ。二人揃って介護施設に入るしかないんじゃねぇか。入居資金ならこっちが用意する」

口は重いが、尋ねればきちんと返事をしてくれる。信彦の質問をのらりくらりとかわしていた初回の反応とは大違いだ。

今ならこの質問にもきちんと答えてもらえるだろうかと、信彦は最初の面談でも尋ねた質問を繰り返した。

「黒川さんは、どうして再婚をなさろうと思ったんですか？」

前回は「してもいいかと思ったからだ」という素《そ》っ気《け》ない答えが返ってきた。普段の信彦なら、なぜしてもいいと思ったのかと突っ込んだ質問をするところだが、あのときは本気で金蔵が再婚しようとしているのか、それとも自分の様子を見にきただけなのか判断がつかず、深く追及することができなかった。

金蔵はじろりと信彦を睨み、無言で腕を組む。唇は固く引き結ばれたままだが、どう答えるか考え込んでいるのだろうか。それともまともに答える気がないのか。

「よろしければ、コーヒーでもお持ちしましょうか？　緑茶もありますが」

今日のところは金蔵が再婚しようと思った理由だけでも聞き出そう。とても大切なことなのだから、他の質問はできなくてもいい。

長丁場《ながちょうば》になることも覚悟して席を立ちかけたが、「いらん」ときっぱり断られ、顎《あご》の動きだけで座るよう促された。

大人しく座り直したものの、金蔵はなかなか口を開こうとしない。沈黙が続いたが、面談中に相手から黙り込まれるのは慣れっこだ。もはや信彦にとって金蔵は、恋人の肉親ではなく担当している利用者の一人でしかない。相手の気が済むまでいつまででも待つ構えでいると、金蔵もそれを悟《さと》ったのか、深々と溜息をついた。

「本格的に仕事から離れたら、淋しくなった」

溜息をついた後の、最後に残ったわずかな息が、微かな声となって耳に届く。

ふん、と鼻先で笑って、「下らない理由だろう」と金蔵はつけたす。

信彦はまっすぐにその目を見返し、静かな声で答えた。

「いいえ、ちっとも」

淋しい、と思う気持ちは無視できない。信彦もそうだからよくわかる。

それを好んで胸に住まわせておく人もいるが、耐えきれず排除しにかかる人もいる。どちらにしろ、自分の中の淋しさから目を背《そむ》け続けることは難しい。その存在も不在も、折に触れて思い出す。

金蔵は信彦の顔を眺め、固く組んでいた腕をゆっくりとほどいた。

「あんたも、淋しくなったりしないのか？　好いた相手と結婚もできないなんて」

これまで信彦からの質問に通り一遍《いっぺん》の答えを返すばかりだった金蔵から、珍しく質問が飛んできた。その表情は真剣で、信彦がゲイであることをほのめかして脅しているようには見えない。純粋な疑問を口にしているのだろう。

「ただでさえ人間関係なんて脆《もろ》いもんだ。なのになんの約束もできないんだぞ」

この質問は真正面から受け止めなければ。そんな確信に突き動かされ、信彦は滅多《めった》に他人に見せることのない、胸の深いところから言葉を汲《く》み上げた。

「そうですね……。私たちは、恋人を周りの人に気安く紹介することができません。言葉だけ、しかも二人の間だけでしか約束できない関係を長く続けるのも難しくて……以前は淋しく思うことも、ありました」

「今は？」

打てば響くような速さで質問されて少し驚いた。金蔵の方から水を向けてくれるのかと意外に思ったが、せっかく尋ねてくれたのだ。遠慮なく笑顔で答えた。

「淋しくないです。今は素敵な恋人がいますから」

「なんの約束もできないのにか？」

「言葉だけでも十分です。これまでは、きちんとした言葉をくれる人さえいなかったので」

信彦はちらりと室内に目を走らせる。面談室はいくつかのパーテーションで仕切られているが、終業時間まで残り一時間を切って人もまばらだ。離れた席で面談をする人たちの会話はよく聞き取れず、こちらの声もはっきりとは聞こえないだろうと高をくくって、潜《ひそ》めた声で続けた。

「これまでおつき合いした恋人は、男同士なんてどうせ最後までは一緒にいられないと当然のように言ってきました。私自身もそう思っていた節《ふし》があります。最初から諦めてたんです。でも今の恋人は、『末永くよろしく』と言ってくれたんです」

金蔵が居心地悪そうに肩を竦《すく》めたのを見て忍び笑いを漏らした。身内の恋愛話を聞くのはさすがにむず痒《がゆ》そうだ。

「長く一緒にいるのを前提につき合ってくれているんだな、と思ったら嬉しくて、その言葉を事実にしたいと思いました。たとえ口約束でも、その約束を守り続けていたら恋人には淋しい思いをさせなくてすむでしょう」

だからこの面談を終えたら、その足で信彦は黒川のマンションに向かうつもりでいる。金蔵に対する自分の態度は中途半端だったと反省して、感情に任せて声を荒らげてしまったことを謝らなければ。

許してもらえるかはわからない。この一週間、黒川からは一度も連絡がなかったし、別れ話に発展する可能性だってある。

これまでの信彦ならば、仕方がないと諦めるところだ。でも、今回は往生際《おうじょうぎわ》悪く縋《すが》りたかった。反省して、謝って、できればこれからも末永く一緒にいてほしい。

「たぶん、最後の恋人です。手放さないように必死なので、淋しがっている暇もないですね」

笑顔で言いきると、金蔵がげんなりしたように天を仰いだ。

「惚気《のろけ》られた。家族の前でよくやるな」

「せっかくご質問いただいたので、全力で回答させていただきました」

「ここまで望んじゃいねぇよ」とぼやきつつ、金蔵はおもむろに顔を前に戻す。

「でもあんた知ってんのか？　そんな大口叩いてるわりに、うちの孫は今まさに淋しくしてるみたいだぞ」

えっ、と素の声が出てしまった。動揺の滲《にじ》む信彦の顔を見て、金蔵がわずかに口元を緩める。

一泡吹かせてやったとでも思っているのか、存外子供っぽい表情だ。

「あいつはな、ふさぎ込むとよく映画を見るんだ」

目を瞬《しばた》かせる信彦を見て、知らなかったか、と金蔵は機嫌よく目を細めた。

「正人《まさと》は子供の頃、なかなか友達ができなくてな。俺たちも滅多に家にいられなかったから、代わりに映画を見るよう勧《すす》めたんだ。映画の登場人物を友達だと思えって言って聞かせてな。それを律儀《りちぎ》に覚えてんだか、あいつは落ち込むときほど映画を見る。なんだろな、登場人物たちのセリフを、友達と雑談でもしてるつもりで眺めてんのかもな」

黒川が祖父と一緒によく映画を見ていたという話なら聞いていたが、きっかけまでは知らなかった。その話を聞いたのは、確か黒川と映画に行く約束がふいになくなってしまった晩のことだ。あのとき黒川は何か言いかけて、でも疲れきった信彦の顔を見て思い直したように口を閉ざした。もしかしたら、こんな話をしたかったのかもしれない。

「……ま、正人さんは、最近よく映画を見ているんですか？」

「ああ、昨日久々に家に寄ってみたら、古いＤＶＤが棚からごっそり抜けてた。こりゃ正人がマンションに持っていって一人でしょぼしょぼ見てんだろうな、と思ってたとこだ」

あの黒川が？　と口に出してしまいそうになった。いつも堂々と胸を張り、周囲を威圧する仏頂面《ぶっちょうづら》を浮かべた黒川が、淋しさを紛《まぎ》らわすために映画を見ている姿がどうにも想像できない。そもそも黒川が淋しがる理由はなんだ。まさか自分とケンカをしたから、なんて理由ではあるまい。

「あんたのところに連絡は行ってないのか？」

「きてません……。ここしばらく、連絡をしていなくて」

「正人と話をしてねぇのか。いけねぇな。会話は薪《まき》みたいなもんなんだろ?」

金蔵の口から飛び出したのは、いつも自分が利用者に向けて言っているセリフだ。金蔵の前でも口にしたことがあっただろうかと思っていたら、「正人が言ってたぞ」と言われた。

「あんたに教えてもらったって、あいつにしては珍しく熱心に語ってたぞ。あんまりあんたをいじめるなとも言われた」

「……それ、いつのことですか?」

「ここに入会してすぐの頃だ。あんたと顔合わせした次の日くらいか。あんたがデートの採点をしてくれるなんて話もそのとき聞いた」

黒川と自分がケンカをするよりずっと前のことだ。わかった瞬間、頬からさっと血の気《け》が引いた。

先週、黒川に向かって自分はなんと言っただろう。貴方が何もしてくれないから、俺たち二人のことなのに他人事《ひとごと》みたいに。そんな言葉で黒川を詰《なじ》ってしまった。

(俺の知らないところで、黒川さんも動いてくれてたんだ——)

思えばあの日、金蔵がデートの採点を頼んできたのだって、信彦がそういうことをしていると黒川に聞いたからだと言っていた。黒川から金蔵に何かしら自分の話が伝わっていたのだと、どうしてあのとき気づけなかったのだろう。黒川がひっそりとフォローをしていてくれたことも知らず、ひどいことを言ってしまった。

青ざめる信彦をひとしきり眺めた後、金蔵が窓の外に目を向けた。

「口が足りねぇのはうちの血筋か。考えて物を言うより動いた方が早いからな。ほら」

金蔵が窓の外に向かって顎をしゃくる。

窓際の席からは、地上を歩く人たちの様子がよく見えた。みんな着ぶくれて、足早に駅の方角へ歩いていく。しばらくは金蔵が何を見せようとしているのかわからなかったが、相談所から少し離れた街灯の下にぽつんと佇《たたず》む男に視線が吸い寄せられた。傍らを次々と人が通り過ぎていく中、川の中州《なかす》に取り残された小石のように立ち尽くしているのは、黒川だ。

驚いて、思わず椅子から立ち上がりかけた。

仕事帰りだろうか。いや、今日は土曜日だから黒川の会社は休みだ。現にコートの下はスーツではなく、ハイネックのカットソーにスラックスという普段着である。それに仕事帰りだったとしても、こんな場所で立ち尽くしている理由がない。

黒川の顔は結婚相談所の入り口に向いている。そこから誰か出てくるのを待っているかのように。

「あんたを待ってんだろうな」

信彦は愕然《がくぜん》とした顔で金蔵を見返す。信じられない。一週間も音沙汰《おとさた》がなかったのに。

黒川からのメールやメッセージを見落としたということはないはずだ。今日だって仕事が終わったら会いに行っていいか尋ねるメッセージを黒川に送ろうとして、何度も携帯電話を出したりしまったりしていたのだから間違いない。

そこまで考えて、はたと信彦は思い至る。

（もしかして黒川さんも、俺みたいに迷って悩んで連絡できなかったとか……？）

黒川に限ってまさか、と思ったが、実際黒川はそこにいる。コートのポケットに手を突っ込んで、相談所から自分が出てくるのを待っている。

「今日の面談はこれで終わりにしてもらっても構わんぞ」

窓の外に立つ黒川を凝視《ぎょうし》していたら、金蔵に声をかけられた。

慌てて顔を前に戻す。面談の時間はまだ三十分ほど残っていて、話を切り上げるには早すぎる。

だが、目の端に窓が映り込むとどうしても眼下《がんか》に視線を向けたくなる。夜半から雪が降るかもしれないほど冷え込むこんな夜に、黒川が自分を待っているのだ。すぐにでも駆けつけたくなる気持ちをぐっとこらえ、信彦は椅子に座り直した。

「いえ、時間一杯までご相談しましょう。もう少しお伺いしたいこともありますし」

マフラーを手に取りかけていた金蔵が、意外そうな顔でこちらを見る。唇を引き結ぶ信彦を見て、ほぅ、と微かに喉《のど》を鳴らした。

「うちの孫より仕事をとるか。正人もかわいそうに」

冗談とも本気ともつかない言葉に、信彦はにこりともせず答えた。

「それにここで面談を切り上げたら、むしろ正人さんに怒られます。貴方のことをくれぐれもよろしく頼むと言われておりますので」

金蔵は軽く目を見開くと、へえ、と腹の底から驚いたような声を出した。

「孫に応援されてるとはな。年寄りの冷や水なんて陰口叩かれてるかと思ったら」

「まさか。わざわざ私に頭まで下げてくれましたよ」

「あいつがねぇ。そうかい」

金蔵が窓の外へ視線を向ける。黒川の姿が見えたのだろうか。目元を緩めた金蔵の顔は好々爺《こうこうや》のようだ。そんな顔もするのか、と驚いたが、金蔵はすぐに元の仏頂面に戻ってしまい、その後は一度も表情を緩めることはなかった。

外で黒川を待たせたまま、当初の予定時間まで面談を続けた。

こちらが気持ちを入れ替えたおかげか、金蔵も思ったよりスムーズに受け答えをしてくれ、マッチング相手に対する具体的な要求も出てきた。次の面談では実際のお見合いに進めるのではと微かな希望を抱いて金蔵と一緒に席を立つ。そのままエレベーターホールまで見送りに行こうとしたが、「ここでいい」と止められた。

「俺のことはいいから、下で震えてる孫のところに行ってやれ」

「あ、い、いや、それは……もちろん」

面談中は極力頭に思い浮かべないようにしていたが、金蔵の一言で一気に黒川へ意識が持っていかれてしまった。

そわそわし始めた信彦を見て、金蔵が唇の端を持ち上げる。

テーブルの横に立った金蔵は体の脇に両手を添えると、信彦に向かって深く頭を下げた。

「引き続き、よろしく頼む」

黒川と同じ、背筋を伸ばした綺麗な一礼だった。これまでは、会釈《えしゃく》をしたのか顎をしゃくったのかわからない挨拶《あいさつ》しかされたことがなかったのに。

黒川の恋人として自分が認められたかはわからない。けれど、結婚相談所のアドバイザーとしては認めてもらえたのかもしれない。そうであってほしいという願いを込め、信彦も頭を下げ返す。

「こちらこそよろしくお願いします。最後まで、一緒に頑張りましょう」

頭の上から降ってきた、ああ、という金蔵の声は、思ったよりも柔らかかった。


金蔵を見送った後、信彦は取るものもとりあえず相談所を飛び出した。

相談所から少し離れた街灯の下には、相変わらず黒川が立っていた。信彦たちが気づくよりずっと前からここにいたのか、鼻や耳が赤くなっている。

「く、黒川さん……！　なんでずっと外に立ってるんです！」

脇目もふらず黒川に駆け寄った信彦は、勢い余って黒川の腕を掴む。黒いコートは夜気《やき》を吸い込み、表面に霜《しも》が降りているのではないかと疑うほどに冷たい。せめて喫茶店で待っていてくれればよかったものをと言いかけ、こちらを見下ろす黒川の固い表情に気がついた。

(そうだ、まずはこの前のことを謝らないと……！)

黒川から一歩飛び退《すさ》り、勢いよく頭を下げようとしたら黒川が先に動いた。信彦の動きを遮《さえぎ》るように、長身を折って深く頭を下げてくる。

ぎょっとする信彦の前で、黒川は頭を下げたまま「すまん」と言った。

往来で突然深々と頭を下げた黒川を、周囲の人が何事かと振り返る。

ここは人目も多いし、相談所からも近い。ロビーにいるスタッフからも見られてしまうかもしれず、慌てて手近なビルの間に黒川を引っ張り込んだ。

雑居ビルとビルの間は薄暗く、ビル内に飲食店でも入っているのかビールケースが乱雑に積み上げられている。

人目を逃《のが》れて小さく息をつくと、黒川の腕を摑む手にそっと手を重ねられた。

冷えきった指先に驚いて顔を上げれば、身を屈《かが》めた黒川の顔が思ったより近くにあってどきりとした。黒川の唇から真っ白な息が漏れ、追いかけるように低い声が耳を打つ。

「この前は、すまん。言いすぎた」

重ねた手をゆっくりと握り込まれて指先がばたついた。氷のように冷たい黒川の手の中で、自分の手ばかり熱を上げていく。

硬直する信彦の指先を撫で、黒川は眉間《みけん》に皺を寄せる。

「あの日のあれは、単なる八つ当たりだ。あんたが俺と会う時間より、祖父との時間を優先させているみたいで、腹が立った。……いや、違うな。面白くなかったんだ」

言葉を重ねるほど、黒川の眉間に寄った皺が深くなる。不機嫌なわけではなく、自分の気持ちを言葉にしようと腐心《ふしん》しているようだ。

火に薪をくべるように、黒川は懸命に言葉をつぎ足して自分の想いを伝えようとしてくれている。金蔵との面談中、もしかしたら別れ話を切り出すために黒川はここまで来たのかもしれないという可能性がちらついて不安に思っていたが、そういうわけではなさそうだとわかって全身から力が抜けた。強張っていた唇も緩み、信彦は溜息交じりに呟く。

「……俺こそ、黒川さんに淋しい思いをさせてしまって、すみませんでした」

「淋しい？　俺が？」

思いがけないことでも言われたような顔をされ、信彦は自分の熱を分け与えるように黒川の指を握り返した。

「いいえ、淋しかったのは俺の方かもしれません。俺ばかり黒川さんのお祖父さんに認めてもらおうと必死になって、空回りしている気がして……。黒川さんも一緒に動いてくれないのが、淋しかったんです」

我ながら子供じみた言い草だ。本音を口にするのは気恥ずかしかったが、黒川には包み隠さずこの胸の内を伝えておきたかった。

「俺こそ、八つ当たりしてすみません。黒川さんはお祖父さんにもちゃんと話をしてくれていたのに、そんなことも知らないで……」

深々と頭を下げると、伏せた顔を上げる間もなく黒川の胸に抱き寄せられた。

雑居ビルの間とはいえ屋外《おくがい》だ。物音に気づいて誰かがひょいとビルの間を覗き込んでこないとも限らない。慌てて身を離そうとしたが、逆に背中に回された腕に力がこもった。

「く、黒川さん、ここ、外ですよ……」

「気にするな、傍《はた》から見たら酔っ払いを介抱《かいほう》してるようにしか見えない」

「それはさすがに、無理があるんじゃ……」

もごもごと言い返してみたが、耳元で「いいから」と囁かれると抵抗する気力が失せた。久しぶりに聞く声に気が緩んで、広い胸に凭れかかる。

黒川は信彦の髪に鼻先を埋《うず》め、大きく息を吸い込んでから口を開いた。

「たとえ家族に反対されても、俺はあんたを手放す気はない。だから端《はな》から、家族に無理に認めてもらおうなんて思っちゃいなかった。最初からそう言ってただろう」

信彦は唇を引き結ぶ。確かに以前も黒川はそう言っていたが、あのときはまだ男性に恋愛感情など抱いていなかったはずだ。実際に自分が少数派に転じれば多少気持ちが揺らぐのではないかと思ったが、無用な心配だったらしい。自分ばかり不安になって滑稽《こっけい》だと思ったが、続く

黒川の声は柔らかかった。

「でも、あんたはことのほか家族を大事にしてるだろう。俺の家族の気持ちも捨て置けないんだろうと思って、好きにさせてた」

柔らかな声とは裏腹に、言葉には突き放すようなニュアンスが感じ取れる。やはり黒川から見たら余計なことをしていたのだろうかと体を強張らせたら、その感触が伝わったのか、前より強く黒川に抱き寄せられた。

「『好きにさせてた』って言い方が悪かったか。あんたのやり方を尊重《そんちょう》したかったんだが」

難しいな、と黒川がぼやく。途方に暮れたようなその声を耳にしたら、今度こそ完全に体から力が抜けた。

言葉にしないとわからないし、伝わらない。やっぱりちゃんと会話をしないと駄目なのだと改めて思った。

「……黒川さん、俺、今日の仕事が終わったら、貴方の部屋に行こうと思ってたんです。ちゃんと話がしたくて」

薄く煙草の匂いが染みついた黒川の胸に顔を埋め、お邪魔していいですか、と尋ねる。

黒川は力一杯信彦を抱きしめ、一呼吸おいてから思い出したように、うん、と短く頷いた。

一週間ぶりにやって来たマンションは、いつもより少し煙草の匂いが濃い気がした。

リビングに足を踏み入れれば、案の定《あんじょう》ローテーブルの上の灰皿に吸い殻《すがら》が山をなしていた。だが、信彦《のぶひこ》が目を奪われたのは吸い殻よりずっと堆《うずたか》く積み上げられたＤＶＤのパッケージだ。十本、いや二十本はあるだろうか。

黒川《くろかわ》は淋しいときにＤＶＤを見るのだという金蔵《きんぞう》の言葉が蘇《よみがえ》って棒立《ぼうだ》ちになる。

「どうした？」

ソファーに腰かけるでもなくローテーブルを凝視《ぎょうし》していると、黒川に顔を覗き込まれた。

登場人物たちを友人に見立て、この部屋で一人映画を見ていた黒川の後ろ姿を想像したらたまらない気分になって、信彦は腕にかけていたコートをソファーに放り投げた。その勢いのまま黒川の腕を摑むと背伸びをして、下からすくい上げるようにキスをする。後はもう相手の表情を確かめることもせず、リビングと寝室を仕切る引き戸の奥にぐいぐいと黒川を押し込んだ。

薄暗い寝室の中央にはセミダブルのベッドが置かれていて、有無《うむ》を言わさず黒川を押し倒した。おい、と短く声を上げた黒川の上に馬乗りになり、深いキスで言葉を奪《うば》う。

されるがまま押し倒された黒川は、最初こそ何か言いたげにもごもごと口を動かしていたが、気が変わったのか信彦の後頭部に手を添え、自《みずか》ら舌を絡《から》ませてきた。

「ん、ぅ……っ」

伸ばした舌を甘く噛まれ、強く吸い上げられて背筋が震える。髪をまさぐっていた手でするすると首の裏を撫でられ、首筋の産毛《うぶげ》がざわっと立ち上がった。

息継ぎのために唇を離すと、黒川にちらりと唇を舐《な》められた。

「随分性急だな？」

吐息に声を乗せるようにして囁かれ、余裕のなさを指摘された信彦は頬を赤らめる。

「……すみません、ちゃんと話をしようと思ってたんですが、一人で黙々と映画を見ていた黒川さんを想像したら、なんだかかわいそうで、可愛くて……」

「俺が？」と黒川は喉《のど》の奥で笑う。

「そういう俺を想像して、ムラムラして押し倒したってことか？」

「……そ、そうです」

「あんた変わってるな」

理解できん、と苦笑して、黒川は信彦の唇に食《は》むようなキスをする。

話をしなければ、と思っていたのに、二人きりになった途端、触れたい気持ちが上回って行動に出てしまった。冷静さをかなぐり捨てて唇を触れ合わせているうちにようやく最初の衝動が去り、互いに顔を寄せたまま信彦は口を開いた。

「この一週間、連絡できずにすみませんでした。もし黒川さんが返事をしてくれなかったらと思うと、怖くて……」

至近距離から覗き込んだ黒川の目元に、俺も、というような微《かす》かな笑みが浮く。

「先週も、言うだけ言って部屋を飛び出してしまってごめんなさい。相互理解のために会話は絶対必要だなんて偉そうなことを言っておいて、逃げました」

結婚相談所のアドバイザーが聞いて呆れる、と目を伏せたら、唇の端にキスをされた。

「俺はいよいよあんたに見放されたかと思ったら、怖くて外まで追いかけられなかった。お互い様だ」

怖い、なんて黒川にはおよそ似合わない言葉に驚いて目を上げる。黒川の目元には相変わらず笑みが滲《にじ》んでいて、嘘か冗談かわからない。

あの日、背後から信彦を呼びとめた声はやはり幻聴《げんちょう》ではなかったのだろうか。部屋を出た後しばらく信彦がその場から動けなかったように、ドアの向こうで黒川も途方に暮れたように立ち尽くしていたのかもしれない。

想像したら、またたまらない気持ちになった。最初の黒川の印象が傲岸不遜《ごうがんふそん》なならず者だっただけに、第一印象を裏切る真摯《しんし》さや繊細《せんさい》さに胸を撃ち抜かれる。

キスを再開させ、黒川の服の裾《すそ》に手を差し入れ素肌に触れた。興奮しきった手つきで黒川の服を脱がせれば、「性欲なんてなさそうな綺麗な面《つら》してるくせに、あんたにはいつも驚かされる」とキスの合間に笑われた。

黒川が抵抗しないのをいいことにカットソーを脱がせ、自分もジャケットを脱いだ。ベッドの端にジャケットを放り投げたところで、下から黒川の手が伸びてきてネクタイに触れられた。ほどかれるのかと思いきや、ネクタイの表面を撫でてただけですると手は離れてしまう。

信彦にまたがられたまま、黒川は唇に笑みを浮かべて言った。

「このまま脱いでくれ。最高に色っぽく」

信彦はうろたえて目を泳がせる。ストリップまがいのことでもしろというのか。黒川は悠々《ゆうゆう》と笑ってこちらを見るばかりで、自分の手で信彦の服をはぎ取る気はないようだ。

言われるままぎくしゃくとした動きでネクタイの結び目に指をかけてみたが、下から黒川に見られていると思うと緊張してどんな表情を浮かべればいいのかわからない。無茶振りもいいところだ。

（色っぽく……い、色っぽく……？）

ネクタイの結び目に指を引っかけたまま考えこむことしばし。どれほど考えても自分が色っぽく服を脱ぐ姿など想像できず、最後はやけになって力任せにネクタイを引っ張った。

「難しいこと言わないでください！　それどころじゃないんですよ……！」

色っぽいどころか、終電で帰宅するなり風呂に飛び込むときと同じ勢いで乱暴にネクタイをほどいてしまった。ワイシャツに至っては首元のボタンだけ外し、Tシャツを脱ぐときの要領で裾から頭を引き抜いた。

乱れた髪を撫でつける間もなく、下から腕を引かれて黒川の胸に倒れ込む。上手く要求を叶えられなかったはずなのに、黒川は機嫌よく笑って信彦の唇に噛みつくようなキスをした。

「じりじり脱がれても興奮しただろうが、余裕のない調子で景気よく脱がれるとそれはそれで興奮するな」

キスをしながらわしわしと後頭部を撫でられ、信彦は情けなく眉を下げる。

「そんなのもう、なんだっていいんじゃないですか……」

への字に曲がった信彦の唇にキスをして、黒川は目を細めた。

「そうだな。あんただったらなんでもいい」

黒川の声が低く、甘くなる。首を引き寄せられ、下から深く口づけられた。夢中でキスに応《こた》えていると、首の後ろに回された手が、剝き出しになった背中を撫で下ろしてくる。

「ん……、ん、ん……っ」

素肌に触れる掌《てのひら》が熱くて、背骨がゆるゆると反《そ》り返った。相談所の前ではあんなにも指先が冷えきっていたのに。背中から腰、脇腹を撫でられ、唇から漏れる息が荒くなる。肌の上に掌を滑《すべ》らされているだけなのに、もう気持ちがいい。

キスをほどいた黒川が首を上げ、耳元で「脱がせてくれ」と囁いてくる。すぐには動けずにいたら耳の端に軽く歯を立てられ、震えそうになる手を黒川の胸についてゆっくりと下に滑らせた。

身を起こし、黒川のスラックスの前を寛《くつろ》げる。下着の上からでもわかるくらい形を変えたそれを見て、ごくりと喉を鳴らした。

うっかり手を止めてしまったら、ぬっと黒川の手が伸びてきて信彦のベルトに触れた。

「先に脱がしちまうぞ」

からかうような口調で言われ、あっという間にバックルを外される。うかうかしていると自分ばかり服をはぎ取られそうで、信彦も慌てて手を動かした。

お互いに服を脱がせて全裸になると、剝き出しの性器が触れ合って腰が砕《くだ》けそうになった。

「あ、あ……っ、ぁ……っ」

黒川の上にまたがったまま、互いの昂《たか》ぶりを押しつけ合うように腰を揺らす。擦《こす》りつけ合うばかりではもどかしく、互いの性器に指を絡《から》ませた。期待するように目を眇《すが》めた黒川の顔を覗き込み、手の中のものを緩く扱《しご》く。

短く息を吐いた黒川が下から手を伸ばしてきて、信彦の胸に触れる。心臓の真上に当てられた掌から、じんわりと体温が伝わってきて気持ちいい。熱っぽい溜息をついたら、そのタイミングを狙っていたように指先が胸の突起に触れた。

「あっ、ん……っ！」

指の腹で掠《かす》めるように胸の尖《とが》りを撫でられて声が漏れた。慌てて唇を嚙んで声を殺したが、黒川は緩く笑って執拗《しつよう》に信彦の胸に指を這わせてくる。

「ここ、好きだよな？　弄《いじ》ってりゃ男も性感帯になるって噂は聞いたことがあったが……」

「そ、そういうわけでは……っ、ぁ、あ……っ」

指先できゅぅっと摘《つ》ままれ、否定の言葉が脆《もろ》くも崩れた。切れ切れの声を上げると、手の中で黒川の屹立《きつりつ》が硬さを増す。自分とこういう関係になるまで黒川は異性としかつき合ったことがなかったと聞いているが、男の喘《あえ》ぎ声でも興奮してくれるのか。

もっと黒川に気持ちよくなってほしくて夢中で手を動かしていると、黒川がベッドサイドに手を伸ばした。サイドテーブルから取り出したのはローションとコンドームだ。どきりとしてそちらに目を向けると、黒川の唇に悪戯《いたずら》っぽい笑みが浮かんだ。

「こっちはもっと好きだよな?」

黒川が信彦の腰をがっちりと摑んで引き寄せる。信彦を腹に乗せ、掌にたっぷりとローションを垂らした黒川の意図に気づいて頭を下げると、代わりに軽く腰が浮いた。

きっと今、自分はひどく物欲しげな顔をしている。わかっているのに黒川から目を逸《そ》らせない。黒川は誘うように目を伏せて、信彦の唇に息を吹きかけた。

シーツに膝をつき、さらに腰を浮かせて黒川にキスをした。唇が触れ合うのとほとんど同時に、ローションをまとわせた指が窄《すぼ》まりに触れて肩が跳ねる。

「あっ、ん、ん……っ」

指先が固い窄まりをほぐすように動き、ゆっくりと中に入ってくる。硬い指の感触に、ふるりと背筋が震えた。浅いところを出し入れされると腰が揺れてしまいそうになる。もどかしさに鼻を鳴らせば、今度はゆったりと奥を掻《か》き回された。

「あ、あっ、あ……っ」

「気持ちいいか？」

まともに舌が回る気がしなくて、必死で首を縦《たて》に振った。内壁《ないへき》を指の腹で押し上げられると、抑えきれず喉の奥から甘ったるい声が出てしまう。

ゆるゆると指を動かしながら、黒川は信彦を見上げてふっと笑う。

「溶け落ちそうだな」

きっと自分は今、ひどく淫蕩《いんとう》な顔をしているのだろう。恥ずかしいのに、黒川が満足そうに首を上げてキスなど仕掛けてくるものだから、キスに応えるのに夢中になって羞恥心《しゅうちしん》ごと溶けて流れていってしまう。

腰を揺らすと腿《もも》の裏に黒川の屹立が触れた。黒川のそれもすっかり硬くなっていることに気づいたら全身の血が沸騰したようになって、涙交じりの声でねだった。

「黒川さん、も、もう……、早く……っ」

「ん？　もう少し慣らした方がいいんじゃないか？」

本気で信彦を案じているのか、それとも単に焦《じ》らしているのかわからず、信彦は背中を丸めて黒川の首筋に顔をすり寄せた。

「もういいですから、早く……！」

「そう言われても、この状況じゃ俺は動けん」

だったら下ります、と言い返すつもりで顔を上げたら、見越したように腰を摑まれた。

「このまま、あんたが動いてくれ」

「え……っ、で、も」

うろたえる信彦をよそに、黒川は手早く自身にコンドームをつける。そうしておいて再び信彦の腰を摑むと、力強く上に引き上げた。

膝立ちになった信彦の窄まりに黒川の屹立が触れる。このまま腰を落とすよう促《うなが》されているのを理解して、信彦は耳の端まで赤くした。

自ら腰を落として黒川を迎え入れるのも、その様子をつぶさに見られるのも恥ずかしい。けれど先端でぬるぬると入り口をこすられると、深々と貫《つらぬ》かれる期待に理性が炙《あぶ》られ溶けてしまう。

「……ん、ぅ」

黒川の胸に手をついてゆっくりと腰を落とす。滑ってしまって上手くいかず、片手で黒川自身を支えてさらに腰を落とした。

「あ、あ……、あ……っ、ん」

自分で加減ができるだけに、腰が引けてしまってじりじりとしか受け入れられない。その分、狭い場所を固い切っ先がかき分けていく感触が鮮明で、腰骨から背骨にかけて何度も甘い痺《しび》れが駆け上がった。

黒川は信彦の腰を両手で摑み、ときどきぐっと指先に力を込めるが、無理やり引き下ろすことはせず深く息を吐く。

「……眺めはいいが、焦らされすぎて血管が切れそうだな」

呟いた黒川の声は低い。興奮してぎらぎらした目を見たら腰が抜けて、そのまま深く黒川を呑み込んでしまった。

「あぁ……っ、ん、ん……っ」

体の深いところまで黒川を呑み込んで身を震わせる。じっとしていても黒川を受け入れた部分が収縮して、奥から湯《とろ》け落ちそうだ。

必死で息を整えていたら、黒川の手に腰を撫でられた。

「……動いてくれないのか？」

熱い掌で腰を撫でられ体が震えた。

もういっそ、乱暴に腰を摑んで下から突き上げてくれればいいのに。

信彦が自ら動くところがどうしても見たいのか、黒川はこちらを見上げるばかりで何も行動を起こさない。そうしている間も黒川を受け入れた部分がねだるようにうねる。強い刺激が恋しくなって、ぎこちない動きで前後に体を揺らした。

体位のせいか普段より深いところまで届いている気がする。少し腰を浮かすと信彦の弱い場所に先端が当たって、ひ、と喉を鳴らしてしまった。

「ひ……っ、あ、ぁ……っん」

ぎしぎしとベッドが鳴る。視線を下ろすと、食い入るような顔でこちらを見る黒川と視線が交差して、とっさにきつく目をつぶった。快感と羞恥が二匹の蛇《へび》のように絡まり合って、互いが互いを食らい合う。黒川の顔を見ていられなくなって両手で顔を隠そうとしたら荒々しく手首を摑まれた。そのまま下に引っぱられ、両手の自由を奪われる。

「く、黒……っ、ぁ、あっ！」

いきなり下から突き上げられて喉をのけ反らせた。信彦の拙《つたな》い動きでは満足できなくなったのか、続けざまに突き上げられてがくがくと体が跳ねる。

「あっ、あっ、や、ぁ……っ！」

最奥《さいおう》を先端で叩かれ、背筋から駆け上がった快感が後頭部へと突き抜ける。体が跳ねるたびにあられもない声が上がって、せめて手で口をふさごうとしたが黒川が手を放してくれない。

「く、黒川さ……っ、や、あっ、あん……っ！」

待って、と涙声で訴えてみたが黒川の動きは止まらない。信彦の手を摑んだまま、腹筋だけで軽く上体を起こして言う。

「このままいってくれ、中だけでいけるんだろう？」

そそのかすような甘い声と、食いかかってきそうなぎらついた目。相反するそれを見た瞬間、背筋をぞくぞくとした震えが走った。

「あ、だめ、だめ……っ、い、ぁ……っ」

柔らかな内壁をえぐられ、内側が痙攣《けいれん》するようにうねりを上げた。自分の声が遠ざかり、体を支えておくこともできなくなって後ろにのけ反る。

「あっ、あ、あぁ——……っ！」

蜜《みつ》のような快感が滴《したた》る柔らかな場所をえぐられ、限界まで身の内に留めていた快楽が弾《はじ》けた。目の奥から頭の中まで真っ白な光に塗りつぶされる。周囲の音が遠ざかり、自分がきちんと息をしているのかすらわからなかった。

目を開けているのに何も見えない。法悦《ほうえつ》の余韻か、白い靄《もや》の中にいるような感覚に浸《ひた》ってひくひくと震えていると、遠くで、おい、と黒川の声がした。

額《ひたい》にごつりと何かが当たって、少しずつ目の焦点《しょうてん》が合ってきた。ぼんやりと瞬《まばた》きを繰り返せば、互いの額を合わせてこちらを覗き込む黒川の顔が目の前にあった。

「聞こえてるか？　男でも意識が飛ぶことなんてあるんだな」

黒川の体を跨《また》いだまま、片腕で背中を支えてもらっている状態で信彦はとろりと目を上げる。身じろぎするとそれだけで体が甘く疼いた。肌が過敏になっていて、空気の揺れさえ感じ取れそうだ。

ぐったりと目を閉じた信彦の瞼《まぶた》に唇を寄せた黒川が、何かに気づいたように動きを止めた。

「……いったんじゃないのか？」

信彦は瞼を震わせて黒川を見上げる。いったかどうかなんて黒川の目にも歴然《れきぜん》だろうと思ったが、黒川の目は信彦の下肢《かし》を見ていた。

達したはずの信彦のそこは、まだ天を仰いだままだ。ああ、と信彦は溜息のように呟く。

「これは……ドライで……」

ぼんやりと口にしてから我に返り、何を説明しているのだと顔を赤らめた。

「なんだそれは」と真顔で詰め寄られ、口を滑らせたことを後悔したが、もう遅い。

「その……射精を伴《ともな》わず、絶頂に至るという……」

「じゃあ、いったのか?」

そんなに念押ししなくても、と思いながらも頷いた。

羞恥に顔を赤らめる信彦をしげしげと見詰め、黒川は口を開く。

「出すもん出さなくてもいけるのか。女と違って男の体は嘘がつけなくていい、なんて思ってたが、そう単純なものでもないんだな?」

黒川の視線が再び下肢に向く。あまり見られるのも恥ずかしく、身じろぎしようとしたところで内に接する黒川の熱がまだ衰《おとろ》えていないことに気がついた。達したのは自分ばかりだったらしいと理解するが早いか、黒川に掠めるようなキスをされる。

「あんたと一緒にいると、新しい扉が次々開いてく気がするな」

熱の引かない黒川の目を見たら、体の奥深いところにまた疼きが走った。達したとはいえ射精をしていない体にはまだ熾《お》きのような火がくすぶっていて、ちょっとした刺激でたやすく息を吹き返す。

声もなく身を震わせる信彦を、黒川がゆっくりと背後へ押し倒した。

「同じ男に欲情する日が来るなんて、あんたに会うまで考えたこともなかった。ネクタイ締めたスーツの下に、こんなにいやらしい体が隠れてるなんてことも」

指先で胸を撫で下ろされ、ひく、と喉が震えた。先ほどまでとは視点が逆転して、上から黒川に見下ろされる。膝の裏に腕を差し入れられ、大きく脚を開かされて息を呑んだ。

いったばかりだ。手加減してほしいと縋るように黒川を見上げたら、大きく身を倒した黒川の顔がすぐ目の前まで下りてきた。

「信彦」

普段は滅多に名前を呼ばないくせに、こんなときばかり蜜をまぶしたような甘い声で信彦を呼ぶ。

のしかかってくる体を押し返すつもりで上げた手は一瞬宙をさまよって、気がつけば、自ら黒川の首を引き寄せていた。


夜も更《ふ》ける頃、ぐったりとベッドの上に突っ伏していたら、ぐぅ、と信彦の腹が鳴った。

思えば仕事が終わった後、黒川のマンションに直行して夕食をとっていない。聞けば黒川もろくな食事をしていないらしい。外に食べに行くには時間も遅いので、近くのコンビニに行くことにした。

どうせ夜中で人目もないからと、黒川から上下揃いのスウェットを借りた。ぶかぶかのウェストを無理やり紐《ひも》で締め、長い裾《すそ》や袖《そで》は適当にまくり上げ、コートを羽織《はお》って外に出る。黒川も似たような格好で、コンビニでパンやおにぎり、揚げ物などの総菜《そうざい》を買った。

夜半から雪という予報もあったが、幸いまだ雪は降っていない。とはいえ寒いのは間違いなく、黒川と二人で体を押しつけ合うようにじゃれ合いながらマンションに戻った。

遅い食事を取りながら、明日は代休を取ったので仕事が休みだと黒川に告げると、「だったら今夜は映画でも見よう」と誘われた。以前黒川から誘われたレイトショーをキャンセルしてしまったことを残念に思っていた信彦は、一も二もなく頷いて黒川と一緒にソファーに座る。

黒川が見せてくれたのは信彦がタイトルも知らなかった洋画だ。敬虔《けいけん》なカトリック教徒である双子の兄弟が、法で裁《さば》けぬ悪人を自らの手で裁き始めるという内容である。激しい銃撃シーンもあるものの、登場人物たちのセリフがコミカルだったり、音楽がスタイリッシュだったり、双子が聖書の一節を口にしながら左右対称の動きで銃を撃つ息の合ったシーンに見入ったりしているうちに、あっという間に映画は終わってしまった。

黒川と肩を寄せ合って映画を見ていた信彦は、エンドロールを眺めて溜息をついた。

「格好いいですね、この双子。たくさん人は殺してますけど、正義に対する信念があって」

「だろ。子供の頃は繰り返し見た」

「子供が見るには凄惨《せいさん》なシーンも多い気がしますが……。まさか黒川さんの服に黒が多いのって、この双子を意識してるからじゃないですよね？」

「どうだったかな。当時は意識して黒い服を着てたような気もするが」

幼い黒川がしかつめらしい顔で黒いシャツに袖を通す姿を想像して、それはちょっと可愛いな、と目尻を下げる。

黒川は他にどんな映画を見てきたのだろう。気に入りの作品をもっと教えてほしい。視線を転じると、ローテーブルの上に積み上げられたＤＶＤのパッケージに目がいった。タイトルだけでは内容までわからないが、その中に信彦でも知っている有名な恋愛映画が交じっていた。よくよく見るとタイトルに『バレンタイン』とか『恋人』なんて単語が入っているものもちらほらある。意外と恋愛映画が好きなのか。

（それとも、恋愛映画を参考にして何か行動を起こそうとしたのかな……）

黒川は案外素直だ。仲をこじらせた恋人たちのいざこざを画面越しに眺め、自分もどう動くべきか決めたのかもしれない。

ふっと小さく笑みをこぼしたら「なんだ」と黒川に顔を覗き込まれた。

信彦は目を伏せ、隣に座る黒川の手を取る。黒川の左側に座っていたので、自然と相手の左手を取ることになった。

「今度、指輪を買いに行きませんか」

エンドロールが流れている間ずっと用意していたセリフだったのに、いざ口にしようとしたら緊張して声が少しひしゃげてしまった。

黒川からはすぐに返事がなかったが、手の中で微かに動いた指先がその動揺を伝えてくる。

一度は自ら断った提案だ。それを再びこちらから口にするなんて勝手が過ぎるとは思ったが、結婚相談所から黒川のマンションに向かう途中、どうしても考えずにいられなかった。

黒川は、どんな気持ちで指輪の話など持ち出したのだろう。あのときは思いつきのように口にされた気がしたが、もしかすると黒川も緊張していたのかもしれない。

そんなふうに思ったのは、金蔵の話を聞いたからだ。

金蔵と黒川の考え方は少し似ている。相談所にやって来た当初の黒川と金蔵の言動はそっくりだ。信彦と対話を繰り返すうち、ゆっくり態度を軟化《なんか》させるところも似ている。横柄《おうへい》な口調でありながら、他人の言葉に全く耳を貸せないタイプでもないところも。

だからこそ、恋人と結婚できない信彦を指して「あんたも淋しくなったりしないのか?」と金蔵から問われたときにはドキリとした。

もしかすると黒川も、なんの約束もできない同性同士の関係に不安を覚えていたのかもしれない。それでかねてより頭にあった指輪の話など持ち出したのではないかと、そんな考えが頭に浮かんだ。

黒川の左手の薬指を撫でて返事を待っていると、指先の動きを封じるように手を摑まれた。

「あんたは周りの目が気になるんだろう。無理をする必要は……」

信彦は顔を上げ、「無理はしてません」ときっぱり言う。表情の乏《とぼ》しい顔に、微かな驚きや戸惑いを滲ませる黒川の顔を見上げ、視線を揺らすことなく続けた。

「もしも職場の人や担当の利用者さんに指輪のことについて訊かれたら、恋人からもらったと答えます。結婚するのかどうかしつこく聞かれたら、笑顔でやり過ごすつもりです」

「……できるのか、そんなこと」

「もちろん、そのくらいのスキルはあるつもりです。アドバイザーの私生活を根掘り葉掘り尋ねてくる利用者さんは珍しくないですから」

「でもあんた、利用者に自分の最寄り駅までばらしちまうだろう。本当に大丈夫なのか？」

「そ、それは俺も反省して、あれ以来個人情報はあまり利用者さんに教えないよう気をつけてますから！」

無言で眉を寄せた黒川は、本当か？　とでも言いたげだ。それに応《こた》えるべく、信彦は力強く拳《こぶし》を握った。

「むしろ指輪のことにあれこれ踏み込ませないために、受け答えが少し用心深くなるからいいかもしれません。それに、本当のことを言うと黒川さんから指輪の話が出たとき、嬉しかったんです。そういうものを用意しようって言われたのも初めてで、憧《あこが》れもありましたし……」

周囲にゲイだとばれるのが怖くて怯《ひる》んでしまったが、指輪の話が出たのは本当に嬉しかったのだ。日を追うごとに、断ったことを後悔するくらいに。

「突然のことですぐに覚悟が決まらなかっただけで、嫌だったわけでは決してないです。それに、黒川さんも指輪をつけてくれれば虫よけになりますし……」

黒川の眉間に寄った皺が深くなる。まじまじと信彦の顔を覗き込み、黒川は心底理解できないと言いたげに呟いた。

「……俺に寄ってくる虫がいると思うか？」

「いますよ！　さっきだって、コンビニでレジ打ってた若い女性店員さんにめちゃくちゃ見られてたじゃないですか！」

「ヤクザが来たとでも思って怯《おび》えてたんだろう」

「あれ絶対そういうのじゃなかったと思います！」

コンビニに向かう際、黒川はいつものスーツではなくいくらか着古したスウェットの上下を着ていた。髪も整えず信彦と和《なご》やかに夜食を買う姿からは威圧感も抜けて、少しだけ隙のある長身のイケメンにしか見えなかったはずだ。

危機感を募《つの》らせるこちらの心境も知らず、黒川は「相変わらず妙なことを考えるもんだな」と首を傾《かし》げている。自分の顔が怖い自覚はあっても、その顔立ちが整っていることはあまり認識していないらしい。

心配です、と繰り返し、再び黒川の肩に頭を預ける。黒川も信彦の頭に自分の頭を乗せるようにして、しっかりと互いの手を握り返した。

エンドロールはすっかり終わり、テレビにはキャプチャー画面が写っている。

凄惨な銃撃戦が繰り広げられていた映画にしてはのどかなBGMに耳を傾け、次の映画を用意するでもなければテレビを消すでもなく、二人でぼんやり画面に見入った。

どことなく、正月に実家に帰ったときの空気に似ている。居間のテレビはずっとつきっぱなしだけれど、誰もまともに見ていないし、そこから会話が生まれることもない。ただみんなで同じ空気を共有するかのように居間で過ごす。

甥《おい》っ子はこたつで眠ってしまい、姪《めい》っ子も姉の腕の中で微睡《まどろ》んで、漫然《まんぜん》とテレビを眺める父の隣で義兄《あに》がうたた寝をしている。母親は落花生《らっかせい》の皮を剝《む》き、祖母が古新聞で殻入《からい》れを折って、自分はこたつの傍《かたわ》らに置かれた古いソファーでミカンを剝いている。

想像の中の雑然とした空間に黒川も押し込んでみたら、思ったより違和感がなくて驚いた。自分の隣でミカンを口に運ぶ黒川に「黒川さん、お茶飲む？」なんて声をかける母の声まで聞こえた気がして、信彦はぽつりと呟いた。

「まだ、すぐにというわけではないんですが……よかったら今度、うちの家族にも会ってくれませんか？」

指輪の話をするときと同じくらいか、それ以上に緊張した。

想像はどこまでも都合のいい想像でしかなく、黒川を紹介された家族は腰を抜かすかもしれない。祖母には泣かれるかもしれないし、義理の兄の反応も気になる。

それでもいつか、家族に黒川を紹介したいと思った。

黒川がこちらを向く気配がして、信彦は慌てて続ける。

「いきなりカミングアウトするのはまだ心の準備ができていないので、まずは指輪をつけて帰って、決まった相手がいることだけ、家族に報告してきます」

信彦はこれまで、恋人と長く続いたことがない。だから家族には恋人の有無《うむ》を匂わせたことすらなかった。短いスパンで別れを繰り返すことはゲイの間では珍しくもないが、信彦を異性愛者だと信じて疑っていない家族は心配するだろう。

でも、黒川ならば、と思った。

一年先のこともわからなかったかつての恋人たちとは違う。そうであってほしいと思う。

ドキドキしながら返答を待ったが、黒川は何も言わない。どんな顔をしているのか確認するのが怖くて、俯いたまま口早に続けた。

「ご家族の前で俺を恋人だって紹介してくれた黒川さんには遠く及ばない迂遠《うえん》な報告で恐縮ですが、恋人がいると家族に宣言すること自体、俺にとっては大事件というか……」

きちんと伝わるだろうかと不安になったところで、横から勢いよく黒川の腕が伸びてきて抱き寄せられた。

「指輪を買いに行こう」

　信彦を抱きしめたまま、黒川が低い声で言う。

　信彦は目を瞬《しばた》かせてから、唇に柔らかな笑みを浮かべた。ちゃんと伝わったらしい。

「行きましょう。どんなデザインの指輪がいいですかね」

「あんたの好みに合わせる。明日にでも行こう」

　冗談かと思って笑ったら、腕を緩めた黒川に真剣な顔で見詰められた。本気らしい。

「……随分急ですね？」

「都合が悪いか」

「いえ、ちょっとびっくりしただけです」

　明日指輪を買いに行くことも、黒川が思いのほか自分との人生を真面目に考えてくれていることも。

　驚いて、嬉しくなる。つないだままだった黒川の左手を眺め、この手にはどんな指輪が似合うだろうと考えていたら、黒川がおもむろに腕を伸ばして信彦の左手を取った。

「虫よけって言うならあんたにこそ必要だ。絶対外すなよ」

　真顔で念押しされ、信彦は苦笑を漏らす。

「外しません。仕事中もつけられるシンプルなデザインにしますから」

「だったら飾りっけのないまっ平らなリングにしろ。プラチナなら文句もないだろ」

「ええ？　せっかくだからここで決めずに、お店でいろいろ見て選びましょうよ。一生ものなんですから」

「一生もの？」

信彦の言葉を繰り返し、黒川がぐっと身を乗り出してくる。

「だったら、俺のことも一生ものにしてくれるんだな？」

途中で放り投げるなよ、と脅《おど》すような低い声で言われて目を丸くした。

これまでは、恋人から放り投げられるのはいつも自分の方だった。でも黒川は、自ら信彦の手を離すという選択肢すら存在していないような顔でこちらを見ている。

こんなふうに言ってもらうのは初めてだ。同性同士の恋なんて長く続くわけもないとどこかで諦めていた自分が、ごく自然に「一生」なんて言葉を口にするのも。

夫婦は似ると言うけれど、そばにいる人の存在に色濃く影響を及ぼされるということだろうか。信彦と一緒に過ごすうちに黒川の態度が柔らかくなって、口数も増えてきたように、自分もいつか堂々と、黒川を周囲に紹介できるようになるのかもしれない。

この先の日々を黒川の隣で過ごしていれば、いずれ答えも出るだろう。

「とっくに一生ものですよ」

黒川が傍らにいる前提で未来を思い描いている自分に気がついて、信彦は満面の笑みで黒川を抱き返した。

あとがき

AFTERWORD……………………

―海野　幸―

季節の変わり目は毎年、夏服と冬服しか持っていないことに愕然《がくぜん》とする海野《うみの》です、こんにちは。

多少の蒸し暑さと肌寒さは我慢できるからいいか、とか言っているうちに毎年春と秋が過ぎていきます。薄手のコートとか欲しいなぁ、と思い続けて早数年。今年も上着を新調しないままババシャツで晩秋の寒さを乗り切るのでしょうか。乗り切ってしまう気がします。

服を選ぶのは難しいですね。お店に行くとたくさん服が並んでいて、どれを選べばいいのか決めきれず、すごすご帰ってきてしまうことが多々あります。

厚手のコートなどは防寒のため必要に駆られて買いに行くわけですが、色違いとかデザインが異なるものを複数買うだけの気力はなく一着のコートを着倒すことになります。なんだったら数年同じものを着続けて布地に穴が開くことも。それでもなお新しいコートを買いに行くのが面倒でそのまま着ていたらいよいよ知人に怒られました。今年の冒頭の話でございます。

などと書いたところで「そういえば、穴が開いたあのコートってどうしたんだっけ?」と思い立ち、箪笥《たんす》を覗いてみたらまだ現役《げんえき》顔でハンガーにかかってました。穴の開いた部分を自分で縫《ぬ》い合わせてそのまま着ていたことも思い出し、恐ろしく粗《あら》い縫い目を眺めながら、今年こ